杂忆

曾彦修 著

人民出版社

前　记

本书中的回忆部分，均为新写。时间虽已过去很久，但一切如在目前，写作十分顺利。其中“四清记实”部分，我以为极其有趣。虽然它的基本内容，在上世纪80年代初，就曾以《审干杂谈》之名，在北京群众出版社及湖南人民出版社出版过小册子，但那书名有点像是在号召加强阶级斗争似的，在社会上也无影响。出人意料的是，老大哥吴江同志竟然看了此书，并写了长文予以多方嘉奖，这给了我最大的激励。于是，一块顽石变成了一片美玉。高山流水，感激无涯。因此，这次我又用心将这些事重新写了一遍，事情由简而难，看起来可能更有趣一些。“四清”弄了两三年，被“清”者何止千万人，可惜未留下多少真实的记录。一次，一位访问者听我讲了一两个此中故事，笑着说，你这怎么有点像侦探案一样？我说，很对，有的地方像福尔摩斯侦探案；不仅如此，有的地方还有点像日本的推理小说呢，不过那时还没有推理小说之名。细致推理精神均可运用。

本人一生写的东西，最重要的应该就是这本所谓《审干杂谈》了，因为那是拼着我的生命去证明了那30个人都是无任何罪行的——而这却是同“四清”的目标根本相反。我又不是用“一风吹”的办法，而全都是凭真凭实据得出的结论——任何神经正常的人都能接受的结论。同样的，在我一生中，在1952年的“三反”运动、1957年的“反右”运动中，我做的也全是一模一样的事，今就此三事新写一点回忆，列入本书中。人的一生不是由文字写成，而是由一个人的终身行动写成的。一切要由实践检验。像“三反”(1952年)，至今已过去60年了。事实证明，我单位别人的“打虎”的事是全错的；我这之后立刻“放虎”并没有错。

另外，我因为在“反右”中出了点名，可能有人以为我准是个能飞檐走壁的江洋大盗。现在，我把这事也简单写出，其实连什么小事都没有。有关“反右”问题的，对我传说很多，虽均认为我是自动报名的，但与真相仍差很远。因此我从未对任何人说过1957年我划右派一字。此事除了人民出版社五人小组等知道外，其余在社会上确无一人知道任何东西。因此我就一直不说，因为说了也无人相信。现在在2012年10月出版的戴文葆先生纪念册《光辉曲折的编辑生涯》上，有殷国秀老同志的一篇文章，间接提到了我，而且复查了档案，我就能讲讲此事了。

我论述一些重要人物的，虽然也为一些读者感到有趣，其实内容均单薄，并无保留价值，因此均删去了。有关张闻天的，因为张在文化问题上有些坚持不懈的、经得起历史考验的正确主张，留下了两篇，其余是想留而不可得。

此外，关于议论邓拓的一篇，我在另一本杂文选集中也用过。但我以为此文十分有趣，邓拓又非常人，它实际上带有人物评论的性质,因此就在这里重复用了,我希望读者能有更多的机会看到它。

作　者

2011年8月中旬

特　载

吴　江

一本有严肃意义的书

——读曾彦修《审干杂谈》

手托着千斤重闸，在自身岌岌可危的情况下，将那些正在受审查而其实并无问题或并无什么大问题的人一个一个地放行，使他们轻装前进——这就是我向读者推荐的《审干杂谈》（湖南人民出版社出版）这本书的内容。这是一本薄薄的不过四万多字的小册子，读后却使我意外地感到一份力量。老实说，在描述我们过去的政治生活方面，我还很少读到像这样坦率地总结经验的书，尽管这里载的只是“四清”运动的小小一角。

“四清”是继反右派和反右倾两次巨浪之后，直接燃起“文化大革命”的引火物之一。“四清”提出“整党内走资本主义道路的当权派”的任务，并且估计当时的形势是我们三分之一的天下已落入敌人或修正主义者手中,因此非来一次大清理不可。作者当时是一位在反右斗争中被打倒的人物,却被允许参加上海一个800人的印刷厂的“四清”工作,大部分时间被分配参加200人的一个车间的工人和干部的政治历史审查。在当时那种气氛下,对于人的处理常常无根据地把问题严重化,要坚持实事求是精神是相当困难的。作者虽是“老家伙”,但当时具有“分子”一类的特殊身份,其工作的困难更可想而知。他做一个车间工作小组的“材料员”,一般不能接触档案材料,主要帮助做点分析工作,提提意见,想想办法,并帮助起草结论,有点像工作队的“幕僚”。他们接触到的都是一些“小人物”,但很有几个严重的“特”字号、“统”字号、“奸”字号人物,还是上面多次点名的。面对这种困难处境怎么办?作者有两段话记述了他当时的态度:“不冤枉一个好人,不放过一个坏人。说起来容易,做起来就难。尤其是不冤枉一个好人,做起来更难。”“我觉得弄清一个人的历史,不但可以解除当事人精神上以至刑事上的负担,也可以解除我作为一个共产党员起码应有的道德上和良心上的负担。没有确证而作出不利于别人的结论,或明明看出那些怀疑、检举以至本人的亲笔交代是那么难以令人置信、而又不竭尽全力去收集证据来证实或否定这些似是而非的‘罪证’时,我的心就像被烈火烧一样难过。”

作者参加审查的对象有四五十个,最后有30个作了书面结论,这些结论均由作者起草。原来被怀疑为有大小政治问题的三十来个人,竟无一人有什么称得上是问题的问题。书中介绍了十来个这样的人，有戴着双重反动帽子却原来是舍身掩护过地下党员的人；有多年来在车间被认为是“国民党兵痞”，实际上是一个一生被迫害、被侮辱，在解放后才真正得到翻身而且表现很好的工人；有被怀疑当过汉奸警察局长实际上完全是张冠李戴的人；也有一个亲笔留下了“罪证”，几乎是铁定的坏人，经过仔细调查最后证明纯属冤枉。作者的笔下在回忆起这些曾一度邂逅的人时表现出很深的感情，在书中再次向他们致意，希望他们更好地工作，不要自暴自弃。拳拳之心，溢于纸上。作者再三提及这次工作之所以能够获得一些成绩，是依靠以当时上海市出版局局长为首的工作队的同心协力。说来也奇怪，工作队的领导人都是老同志，平日的纪律性、组织性都是不成问题的，但这回却根本没有照搬“四清”“二十三条”。作者由此得出结论说：不管怎么样，我们久经考验的党有大量的同志是品质优秀、头脑清醒的。现在上点岁数的人大概都能记得，当时像这样的工作队员为数不少，但他们在接踵而来的“文化大革命”中却大都变为受害者而遭受厄运。

作者在书的末尾对自己这段工作有这样一个评价：“一九五七年以后的二十多年中，我虚耗国帑，坐食工农，什么事也没有做，唯一对得起党、对得起人民、对得起自己良心的，就是做了上述的这一件事。我将永远为这桩事感到问心无愧。当然，二十多年只做了这一件事，最终还是要感到惭愧的。而且，这一生大概我也就只能做这么一件像样的事了。”不知道别人怎么样，我这个平日不大动感情的人在读了这段文字之后也不禁有些黯然。这是一个对党怀着赤诚之心然而因故在很长一段时间内失却正常工作条件的人所发出的至深的感慨啊！作者斥责那种对审干的必要性和获得巨大成绩持否定态度的人，指出在中国共产党领导下审干中即使有人被冤枉也是暂时的。“包括我个人在内，审来审去，并没有冤枉我什么”。话虽如此说，但这一“审来审去”毕竟使他们虚度了好多时光。在二十多年当中，他当然并非什么事也没有干，但他强调自己在这“二十多年只做了这一件事”，我想是有道理的。这道理大概就是在“问心无愧”这四个字上。

我们不妨回想一下，在那个“左”倾势力占统治地位的时代，除了政策失误造成实际工作的损失以外，很重要的一方面是在各种政治运动中对人的问题的处理轻率粗暴，无根据地怀疑人打击人，任意将问题扩大化严重化，胡猜乱想，胡乱定案，或者事出有因查无实据而仍揪住不放，甚至实行一种把“帽子”拿在手里随时准备给人扣上的恐怖策略，等等。这种做法使大批积极力量化为消极力量，给社会主义造成的损害是非常大的。这里有认识问题（信奉“以阶级斗争为纲”）；也有的“明哲保身”，置别人的政治生命和身家性命于不顾，置是非、党性于度外，领导叫怎么做就怎么做，指定的数目不敢不如数完成，不管其荒谬性达到何种程度；有时则是怀着浓重的私心和道德堕落，忍心干卖友求荣、落井下石的勾当；或者看眼色而任意颠倒黑白，把没有问题的人搞成有“严重问题”而邀功取赏。这种人当形势不妙时也能作点检查，一旦有机可乘时又故伎重演。应当说，对于社会主义来说，对人的伤害与轻视,其害甚于一切,而我们有些自称社会主义者的人对此却盲然无知,反以有权能随意处置人为荣。在我们这里,有一个时候甚至弄到像有人所说的那样,凡与"人"有联系的概念和"人性""人权""人格""人道主义"等都在忌讳之列。弄到这种地步实在是我们民族的不幸。我们为此付出了沉重的代价啊!

作者自感"问心无愧",我想主要也是就对人的态度而言。他在自己十分困难的条件下,为几十人解脱了政治怀疑,使他们获得正常做人和正常工作的权利。在这点上,他确实做到了像他自己所说的"应当把别人的政治生命和身家性命看得比自己的政治生命和身家性命更加宝贵"。他不但这样做了,而且还写出了这些往事的回忆,包括我们在这方面的某些经验教训。这不是多余的。因为正如作者所说,今后即使不会再发生像十年内乱那样的灾难,但审查人或处理人这类工作总还是会有的,而在这方面,30 年代初期以来特别是 50 年代末期以来"左"的习惯势力还绝对不能够忽视。

这本外表看并不起眼的薄薄的小册子却包含着一种不容忽视的内在力。它督促我们这些以往时代的过来人,不管今天还在位的或者已经退下来的,都该认真地思索一下:自己在对待人的问题上是否真正采取了慎重的态度和实事求是的精神,是否为党和人民的利益而坚持原则、明辨是非?是否真正重视了人,重视了人的积极性?对于别人的政治生命和身家性命是否看得和自己的政治生命和身家性命同等重要?(如果不是更为重要的话)在这些方面,我们确应当有勇气扪心自问，表现出一点自我批评精神。不错，我们的生活太复杂了，有的曾经错误地处置过别人的人往往自己也不免受到错误的处置，所以我们绝不能提倡算老账。这种情况只能促使我们更有必要摒弃一切个人的得失考虑，完全站在党和人民的立场上，从积极方面去取得教训，并留一点像样的东西给后人。果真能这样，我相信，对于我们所做的错事，后人还是会从历史条件方面取应谅解态度的，至少不至于无情地嘲弄我们。

（原载《光明日报》1988 年 7 月）

目　录

附　录

漫谈陈独秀

我的体能和智能都不允许我对陈独秀作认真的科学研究了，因我已八十多岁，无能为力了。但 20 世纪 30 年代初，尤其在陈独秀于 1932 年被捕时我看到全国名流的一片抗议与声援之后，才找了陈独秀的书来读，即种下了钦佩陈独秀的种子。那时还不知道苏联的托派及中国的托派都是德、日的"间谍匪帮"，等到 1936 年苏联第一次公开大审判，平沪宁各大报均有一些报道时，我已经只当作新闻看而有点怀疑其为真事了。因为，这等于说中国的革命党除了孙中山以外连黄兴等人都是日本间谍一样，叫人不可思议。所以，康生 1938 年 3 月在延安发表文章，说陈独秀是日本人每月出 300 元收买的间谍，我看了以后觉得这是对莫斯科不得不作的表态，也未相信过一丝一厘，且觉 300 元也太笑话了，这还不及 20 年前陈独秀在北大当文科学长时的月薪，不知康生是怎么想出来的。我看当时同在延安的同学、同事似乎也不大有人相信此事似的。我 1939 年在延安马列学院一个研究室的同学马子静（后来改了名，在社科院法学所），是康生的同乡，时常用开玩笑的办法来挖苦康生，他学康生讲话的声音说："肃清民族公敌日寇汉奸托洛茨基匪徒——康生"，康生是文章的署名，他故意一气念下来，这个罪名就落到康生自己头上了。1980年我见到马子静时，还问他是否故意这么说的。他说，哪敢呢，睡觉前出出洋相罢了。总之，我在延安及其他抗日根据地11年3个月，从未听任何一个人重复过康生的这句话，可见大家在心里都是不大相信康生的这么个说法。

我这个漫谈不是学术研究与考证，我无此能力，但不知是否可为专家们在研究陈独秀时提供一些拓宽思路的角度。

前几年我在上海《文汇读书周报》写过一篇《我看陈独秀》的短文，千把字，一点感想而已。大意是说，陈独秀不仅是中国共产党成立以前中国近代史上一个稀有伟人，也是中国三千年历史上的一个稀有伟人。发表后麻烦不小。其实，我那意见是属于放空炮性质，引经据典的论文非我所能担任。

但该文只是我原稿中的一个问题，现在我就把余下的部分补述出来，因为这两三年情况已大变，尤其是把1927年中共被屠戮的责任通通归在陈独秀身上，有些学者根据无数确切材料，从根本上推翻了这个多年的说法。既然这个最尖锐的问题都可以重新讨论，那么其他问题不过是小菜一碟而已，谈错了再反驳就是。我认为，对陈独秀比较彻底的平反，只能提高党的威信，而绝不会降低党的威信。今日对胡耀邦，谈者对之无不极表尊敬者，无他，均首先是佩服其在平反冤假错案中的感人精神与勇气而已。对陈独秀的平反问题，只要不把苏方的决定看成最后结论才能办到。但历史上有两个大难题是很难下手的。一是要承认北伐战争时期（“大革命时期”），权力全操在苏方大批顾问之手，陈并无什么权力。二是苏方自1927年开始公开镇压托洛茨基之后，中国便已不可能单独给陈平反了。三是陈本人过于激傲，另外成立“共产党”，并大骂中共。凡此，均使陈的问题极难全部翻案。因此，全力致力为陈独秀平反的唐宝林先生等，也特别值得人们尊敬。

一、第一个号召中国人“用头立地”的中国人

大家都比较熟悉，恩格斯晚年在《社会主义从空想到科学的发展》一书中，有一段著名的、经典性的论述。

> 在法国为行将到来的革命启发过人们头脑的那些伟大人物，本身都是非常革命的。他们不承认任何外界的权威，不管这种权威是什么样的。宗教、自然观、社会、国家制度，一切都受到了最无情的批判；一切都必须在理性的法庭面前为自己的存在作辩护或者放弃存在的权利。思维着的悟性成了衡量一切的唯一尺度。那时，如黑格尔说的，是世界用头立地的时代……从今以后，迷信、偏私、特权和压迫，必将为永恒的真理，为永恒的正义，为基于自然的平等和不可剥夺的人权所排挤。①

① 《马克思恩格斯选集》第3卷，人民出版社2012年版，第404—405页。

恩格斯这段著名的像诗一般雄伟的语言，对 14 世纪以来几百年欧洲文艺复兴即反封建反神权的思想启蒙运动，作了一个深刻总结。这个运动在中国也发生过，不过时间很短，真正比较集中进行的，如果从 1915 年陈独秀在上海发刊《新青年》算起，不过十来年。

是谁在中国发起和全力推动中国人民也应该“用头立地”，即人人都应该有独立的、自由的、解放的思想，要用头脑立在土地上行走，而不是一生生活在盲从、愚昧和奴隶状态中的呢？正是陈独秀。陈独秀是近代中国第一个真正“用头立地”的思想伟人，也正是他号召中国全民族都应该进入一个“用头立地”的伟大时代！毛泽东 1945 年 4 月 21 日在延安党的“七大”预备会议上说，陈独秀，“他是五四运动的总司令，整个运动实际上是他领导的。他与周围的一群人，如李大钊同志等，是起了大作用的。”可是，几十年来都是用李大钊来代替一切，这就同毛当时的正确说法完全对立起来了，毛在这里说得很清楚，李大钊同志不管功劳多么大，但毛泽东仍是把他归入陈独秀“周围的一群人”之一。

毛曾说过，鲁迅是现代中国的孔夫子。这话当然长期得到中国左翼文化界人士的盛赞，我也一直如此。但细细想来，这话恐怕不全合实际，因为事实上没有一个人有这么大的影响和这么高的威信。如果说中国近现代有个类似孔夫子这么大的影响的人的话，那么，我以为只有几个人加起来才可以一比，这就是：蔡元培、陈独秀、胡适、鲁迅。不总揽、不综合、不推崇各个方面的巨大成就，我们的圈子越小，威望越低。我们只有反

“文革”之道而行之，才有可能自然团聚天下华人于一家。

二、陈独秀一出马就是民主与科学道路以及改革、开放的首倡者

陈独秀为中国应走的道路而发表的第一个纲领，是他早在1915年为《新青年》（原名《青年杂志》）写的发刊词《敬告青年》一文。他在文中宣布该刊的六条宗旨是：

（1）自主的而非奴隶的；

（2）进步的而非保守的；

（3）进取的而非退隐的；

（4）世界的而非锁国的；

（5）实利的而非虚文的；

（6）科学的而非想象的。

民主、科学、开放、改革这里都讲了，而且这些都是永远的真理。这里的第一条讲的是民主问题，即自由思想与反对奴隶式服从的生存态度问题。第六条讲的是要相信科学与发展科学问题。第四条是明确地反对闭关锁国，中国必须投入到世界中去的“开放”问题。第五条在表面看似乎仅仅是个反对形式主义的问题，但这事在当时特别是在中国实际上具有强烈的反封建意义。因为一切封建旧礼教都特重繁文缛节，它把这些象征天命、皇权、尊卑、贵贱的繁琐礼仪，发展到了隆重骇人的程度，作为专制统治的精神工具。至于第二、第三两条，表面看似乎只是一般地提倡积极向上精神的，但在当时它

也具有重大的反封建意义，因为封建社会所要求的，正是消极、保守、反对变革、反对进步的精神状态，所谓“三年无改于父之道，可谓孝也”。所以，把这二、三两条解释成是陈独秀在热烈提倡改革精神，反对陈陈相因的保守主义，也是自然而然的，并不是有意的拔高。当然，陈独秀在 1915 年所提出的这六条纲领，应该说无论在内容上或形式上，都还是不够明确坚定的，但他在 1915 年时已经具有民主科学的比较系统的要求，沟通世界的开放要求，不断改革进步的要求，等等，则是非常明显的。这样，他就不能不是当时一切先进中国人中最先进的领袖人物了。

邓小平 1982 年给北京景山学校题词，指出中国的教育必须走“面向现代化，面向世界，面向未来”的道路。实际上，这首先更是整个中国必须遵循的前进道路。而陈独秀的上述六项主张，虽然远远比不上邓小平那么明确，但说陈的这些主张已具有邓小平这“三个面向”的某些萌芽与滥觞，或者说具有某种雏形，则一点也不夸大。因此，在谈到中国未来的历史发展方向这个根本问题时，陈独秀之不应被埋没，是有很现实的迫切性的。

三、陈独秀是属于全中华民族的，评价他时必须以全民族的利益为前提

评价陈独秀时还要看到陈独秀是属于全中华民族的，而不是简单地属于某一阶级、某一党派或某一民族的。这是陈

独秀这个人的根本历史特点。在这点上,陈独秀同孙中山是一样的。因为陈独秀反帝反封建的主张,为中国现代化而终生奋斗的实践,为民主化与科学化的新中国的实现所作的号召与努力,是最真实地代表了全国各民族共同要求的。因而,对陈独秀的评价是否实事求是的问题,便成为一个带有是否坚持爱国立场的问题了。对这个问题现在是到了不能不认真考虑的时候了,再不能把芝兰当成稗草了。毛泽东说,小道理要服从大道理,不管陈独秀在 20 年代末 30 年代初一个时期在政治上有些什么错误,但究其一生对全国各民族的长远贡献说来,他终生为中国的民主与科学发展而奋斗,才是决定性的大道理。中国要现代化,就不能数典忘祖,陈独秀是为中国的现代化最先起来奔走呼号者当中最突出的英雄。

四、对陈独秀的态度实际上反映了什么

对陈独秀这个历史人物的态度如何,事实上必然要牵动中国一切知识分子的心态。为什么这样说?

第一,从发展科教本身与对待知识分子的态度来说,应该恢复陈独秀的伟大历史地位。陈独秀既然是中国近代史上第一个提出民主与科学是改造和振兴中国的必由之路的思想家、政治家,那就不能不十分慎重地对待了。在中国,不仅自然科学界的新老专家,还包括人文学界的新老专家,多对他持赞美和拥护的态度。陈独秀更主张开放政策,历来主张研究、吸收西方民主主义性的一切文化和科学成就。所以追本溯

源，第一个对世界先进科学文化采取热烈欢迎、学习态度的，不是别人，正是陈独秀。也可以说，陈是中国的民主化与科学化的第一个最坚定的倡导者。中国的新老知识分子、专家，大多都对陈独秀的早期抱有好感、导师感、启蒙者感。贬低陈独秀，抹杀他在思想史上的地位，这只能使这些知识分子感到十分惶惑，甚至会使他们感到仍在受压，这有什么好处呢？

第二，从政治上说，各种倾向的知识分子大都对历史上的陈独秀具尊敬的、最低限度也都不对他采取无视、否定或侮辱的态度。左派、中派不用说了。什么叫知识分子中的右派？我在这里很慎重，不敢说胡适就是右派，因为，过去内心里赞成或基本上赞成胡适的人多得很，现在有很多学者仍是如此，但这些人无不很爱国，就不好轻易把他们叫右派了。因为现在不少同志的心目中，所谓“右派”，就是“敌我矛盾”，就是敌人，所以不好随便对人乱加此头衔的。有些人，其中有的甚至是国民党特务头子，他们又确确实实是知识分子，而且多是留学生，例如，陈立夫、张道藩、徐恩曾、潘公展、陶希圣……这些先生，以及“一二·九”运动时，在全国几乎是唯一的公开出面大反学生运动的北师大物理学教授杨立奎（凭记忆，名字有误否？）这类人，他们就不能不是知识分子中的右翼了。可这些人都很聪明，常识告诉他们，他们也绝不随便去戏弄、贬低和侮辱陈独秀的，因为这样做会激起公愤。这就是说，在解放前，几乎所有右得不能再右的上层知识分子们，也绝不会傻到去攻击陈独秀的地步。因此，我说攻击以至于侮辱陈独秀，是中国许多新老知识分子所不能理解和接受的。只有坚持斯大林主义的王明才会这样胡闹，以后一些不知高低的人也急急忙忙跟着这样胡闹。

解放前，毛泽东对于陈独秀作过中肯的评价，1936 年他对斯诺说，陈独秀是他的马克思主义启蒙老师。这是历史唯物主义的态度。

五、陈独秀领导的首先是知识分子的思想解放运动，它改变了几千年来中国知识分子的基本价值取向

从靳树鹏先生的《不绝如缕重评陈独秀》一文中，看见他引用姜义华论陈独秀文的一小段：“陈独秀倡导科学、民主、社会主义，改变了 20 世纪中国精英文化的基本观念、基本取向。他用新的学理武装了整整一代精英分子……陈独秀对 20 世纪中国整个大众文化影响之大，其筚路蓝缕的开创之功，恐怕也是其他人难以望其项背的。”（原文我至今未读到）我以为姜文确是抓住了一个根本性重要性的问题，使我深受教益，这就是：陈独秀和他领导的思想文化运动，从原则上改变了两三千年来中国知识分子的基本人生价值取向。还有什么比这更大的功劳呢？自先秦春秋战国甚至更早的历史时代起，中国知识分子追求的唯一目标，就是为最高统治者服务，就是学成文武艺，货与帝王家。儒家的孔孟等更把这个“价值取向”经典化了，叫做“学而优则仕”，叫做“劳心者治人，劳力者治于人，此天下之通义也”。孙中山先生对改变此义无

大树。直到陈独秀出来发动他的新思想文化运动之前都是如此。教人读书为了什么?“教忠教孝”而已;自己努力读书为了什么?“尽忠尽孝”而已。忠于谁?忠于帝王一个人和他所需要的一切上层建筑。过去读书人家在门两边往往悬有或刻有一副对联,叫做“忠孝传家远,诗书继世长”。忠是孝的放大,孝的归宿。读书人必须移孝作忠,在忠孝不能两全的时候,两千几百年来,都必须是舍孝取忠,为皇帝老子一个人牺牲一切。两千几百年来,一切读书人的最高目的,就是大小能够取得一个官做,把自己变成这副庞大复杂的皇权机构中的一个小零件或螺丝钉。成不了螺丝钉的,也要成为这个纲常名教、忠孝节义漫天罗网中的一个小帮凶或牺牲品。当然,中国传统文化不仅有,而且有很多非常好的、极其优秀的部分,历史上责备做官者和读书人“读圣贤书,所学何事”?就是指责他们违反了我们传统文化中的那些优良的、可敬的、永生的道德准绳,但本文非谈此事,故一概从略。

问题是,在陈独秀发起和领导的新思想文化运动发生以前,两千多年尤其是宋以来近一千年历史上积累下来的网罗、箝戟和污垢是太大、太密、太残忍和太黑暗了,知识分子的主流思想早已成为维护落后的、消极的,以致凶残的封建纲常伦理制度的主要力量了。广大的大小知识分子则始终在这个网罗中主动地害人或被动地受人害。陈独秀大声疾呼,我们伟大的民族和伟大的国家,同国外先进国家比起来,不是落后了几十年,而是落后一百年甚至两三百年。人家已经进行过的民主主义的“文艺复兴”、民主革命和资本主义工商交通贸易即国民经济的大发展，都在“五四”之前的一二百年就完成了。

但是，我们广大的大小知识分子们，还是处在封建主义的纲常名教、伦理道德的网罗中，还不知道科学、民主与机械化的大生产为何事，现代化为何事，还在学而优则仕的牢笼中作害人害己的苦斗，还在吃人或被人吃。就是说，中国广大知识分子作为整体来说，在陈独秀起而启蒙时，基本上还是处在混沌、沉睡与谬误的取向之中（升官发财，至少也要做人上人）。

这就是西方人说的，中国那时还是一只未醒的睡狮。

陈独秀和他所发起的新文化运动，就是要唤醒这只睡狮。他首先要做的就是先触动这只睡狮神经中特别敏感的部分，即触动它的眼睛和耳朵，让它睁开眼睛来看看世界。

中国这只睡狮的眼睛和耳朵是什么，就是它的知识分子。陈独秀做的工作，首先就是解放中国知识分子的思想、重铸中国知识分子灵魂的工作。陈独秀掀起的新文化运动，首先必须对中国的知识分子作电闪雷鸣般的呼号和轰击。他的这个呼号和轰击得到了鲁迅、胡适、李大钊等一大批知识界猛上们的同心协作，他们不比18世纪末法国大革命前的启蒙大师们差劲，他们勇敢地喊出了“打倒孔家店”、“打倒吃人的礼教”、“救救孩子”这些惊心动魄的口号。

所以，陈独秀发起和领导的新文化运动，确确实实是要从根本上改变两千多年来中国知识分子的基本价值取向。从此，中国知识分子中相当大的一部分人大体上明白了，他们的任务是在为挽救国家的危亡、为争取国家的现代化而服务，而不再是为了效忠一个皇帝、维护封建主义的纲常礼教服务了。

这样的历史功勋，难道还不能够永垂史册，不应该永垂史册吗？

六、陈独秀是同时代杰出人物中的凤凰

要评价陈独秀在 1915 年创办《新青年》时的历史作用和历史地位，就不能不大致看看当时中国的社会政治状况。那时，中国正是处在混乱、黑暗而几乎看不到什么希望的时候，这就更显出陈独秀是一只不怕暴风雨的突出坚强的海燕了。如果看看这一时期的革命先进人物，以及曾经先进过的一些代表人物是处在一种什么状态，问题就特别明显了。例如，孙中山先生于 1914 年在日本将原来的国民党改组为中华革命党，这一行动实际上一点也没有为他领导的革命寻得任何新的出路。他所总结出来的教训是，新的中华革命党必须完全服从他个人，实际上缩小了团结面与群众基础。事实上，孙本人这时期已处于茫无头绪的状态，他本人的作用也处于大大缩小的困境之中了。另一个曾经先进过的严复，则在陈独秀《敬告青年》雄文发表之前一个月就参加了公开号召恢复帝制、劝请袁世凯登上皇帝宝座的活动，而且名列"筹安会"劝进人物中。至于康有为，则整天梦想的是宣统废帝如何能够复辟，以致 1917 年军阀张勋在北京拥戴清废帝溥仪复辟时，康有为竟公开成为张勋最有力的支持者、策划者，并参加了一切复辟丑恶活动。有那么多先进者变成了反动者的代表人物。

即以贤明如蔡元培先生而论吧,1914—1915 年时,蔡先生正避居于法国南部一小城中,以撰写《红楼梦索隐》一书消遣,而观点则恐怕正是蔡先生的"光复会"的宗旨以小说家言来托以寄兴的吧。从此事可见蔡先生当时也尚处于苦闷无计的状态中(蔡先生写《红楼梦索隐》的具体时间、地点,是不久前湖州张建智先生告诉我的,谨此致谢)。

凡此都可看出当时中国的黑暗、混乱和消沉于一斑了。而陈独秀却大大有异于他人,在如此黑夜沉沉的情况下登高一呼,它所起的复苏万物、萌发百卉的作用,是何等巨大!说陈独秀是为中国窃取光明之火的普罗米修斯,完全是事实,因为当时的中国是多么黑暗啊!

七、陈独秀的呼号在亚非拉地区也应有特别杰出的历史地位

陈独秀的另一个难能可贵之处,还在于他的重大历史贡献超出了中国的范围。因为,那时除了欧洲一些主要国家和北美之外,全球一切落后或相当落后的国家和地区,从拉丁美洲到非洲、亚洲、大洋洲,可以说都没有一个国家和地区进行过陈独秀发起的这样一个战斗的民主的思想文化运动。以日本而论,在明治维新前后,是有一些思想启蒙运动的,但这个"启蒙"可惜又是同鼓吹对外侵略、首先是占领朝鲜与部分占领中国的鼓吹连在一起的。在 19 世纪最后十年,即使他们最著名的民权运动代表人物、社会主义运动人物与欧美式的工

人运动人物，在侵华问题上竟也采取支持态度。日本学者井上清先生 1972 年在《日本帝国主义的形成》一书中，于详举多个历史例证之后说："日本人，不用说天皇制官僚和统治阶级，就连最先进的工人和社会主义者，也如此深入而广泛地被帝国主义的思想和心情所束缚，人民摆脱其束缚的困难可想而知。"日本的经济发展虽然走在了亚洲最前列，但他们对亚洲、中国的民主启蒙运动，并没有起过什么直接推动作用（对开明专制及富国强兵的变法自强运动，当然起过某些推动作用）。中国的进化、民权、自由等思想，还是直接从欧洲带回来的（以及传教士们附带传进来的）。当然，有的人是从日本的西文译书及授课中学习来的，但不是从日本的社会生活和社会运动中学来的。陈独秀这个窃火者之特别可贵，是他把窃来的火种在中国燃烧成彻底改造中国社会的熊熊之焰，他初时就是要走欧美民主政治的道路。

在拉丁美洲，19 世纪前 30 年出现过一批领袖，出来领导反对西班牙以及葡萄牙殖民主义者的军事占领与白人的庄园主奴隶制度的战争。但他们的发动者都是带着欧洲思想的欧洲人，这同纯属本土人的独立解放斗争并不完全相同。那里原来的社会还是比较原始的，根本没有一套像样的与神权、君权相应的政治道德、伦理规范以及社会、文化与政治制度。所以，在那个广泛领域并没有发生过一个广阔有力的、持久的文化思想上的民主启蒙运动，当然也就不曾发生过像中国反对"吃人的旧礼教"这种类型的革命思想运动了。

所以，你如果放眼去看一下当时广泛的亚非拉情况，你就不能不承认，陈独秀不仅是中国，而且在当时全亚洲、全非洲以至全拉丁美洲也是最杰出的文化思想启蒙运动的呐喊者和战士。陈独秀在那个时期全球一切落后国家和地区内，都是一个值得中国人引为骄傲的最先进的思想启蒙领袖，是一个落后国家和地区的共同的普罗米修斯。这里讲的是真正的史实，而不是那种什么都是"中国第一"的胡吹。

所以，你如果纵观几千年、横跨亚非拉，你就可能毫不迟疑的去正视陈独秀突出的历史地位了。

八、陈独秀作为中共的主要创建人，是光荣还是耻辱

陈独秀在中共建党初期，是一个主要的建党号召人和筹备人，一个建党时期众望所归的领袖人物，这是确切的历史事实。1927 年大革命失败后，对此就避而不谈了。即使谈，也说陈不过是那时若干个小型共产主义组织的成员之一罢了。近若干年甚至出现了一种奇之又奇的说法，说中共之所以在 1921 年至 1927 年五次党代会上连续选举陈独秀为主要领导人（总书记或其他名称），是由于党的幼稚的原因。就是说，那时的代表们都是分不清好坏的人，所以才把陈独秀会糊里糊涂地选到主要领导岗位上去了。这类说法真是过于幼稚可笑，这是把历史研究当成信口开河，也把 20 年代的中共代表们全都当成傻瓜了。而且，1921 年中共开一大时，陈独秀在广东开展工作，陈是在本人缺席的情况下当选为中央主要领

导人的。难道这也是瞎胡来吗?

毛泽东同这类曲解家的态度是大不相同的。毛在1945年4月21日延安党的“七大”预备会议上说:“五四运动,替中国共产党准备了干部。那个时候有《新青年》杂志,是陈独秀主编的。被这个杂志和五四运动警醒起来的人,后来有一部分进入了共产党。这些人受陈独秀和他周围一群人的影响很大,可以说是他们集合起来,这才成立了党。我说陈独秀在某几点上,好像俄国的普列汉诺夫,做了启蒙工作,创造了党,但他思想上不如普列汉诺夫。”毛在这里直接说“创造了党”,文意是很明白的,很难任意作其他解释。

几十年来,为什么绝对不谈这件事呢?大概是由于陈独秀后来被中共开除了,以后,陈又曾一度加入了中国的托派组织,并成了他们的一面旗帜。在这种情况下,据实说明陈是中共的主要创造人,岂不辱没了党吗?

我以为,事情正好相反。中共有陈独秀这样一位不仅是中国当时最先进、最受青年爱戴的伟大人物,而且也是当时全亚非拉思想上的一位最先进的历史人物,作为党的主要创建人,这正是中国共产党的光荣,而绝不是中国共产党的耻辱。只要想通了这一点,那就一通百通一切都可以据实直书而无需忸怩与回避了。

我此文确实是大而化之,不足以跻身于学术之林。大而嫌空,但非全空。如能得到某些求真务实的学者一顾,对其中可参考者参考之,不足参考者弃之、驳之均可。

(原载《炎黄春秋》2001年第3期)

对陈独秀接受朱家骅赠款事释疑

今年《中共党史研究》第 2 期，载左双文《国民党对晚年陈独秀的资助与陈独秀的态度》一文，我是相信作者的材料和考证的。作者在台湾中央研究院近代史研究所档案馆查得档案五件，均注有“密”字，系有关国民党官方以朱家骅个人名义在 1940 年、1941 年、1942 年三年间向陈独秀分别赠款一千元、五千元、八千元，并有陈独秀 1942 年 1 月 29 日致朱家骅信，表示“以后如再下赐，弟决不敢受，特此预陈，敬希原谅。”1942 年 1 月一次赠款八千元，有陈布雷致朱家骅信（档案一件），是陈布雷“呈奉谕示”即经蒋介石批准的。1942 年重庆物价已飞涨，此八千元已不可与抗日战争爆发前，即 1937 年上半年时的物价同日而语了。

近二十年来，大陆考证陈独秀的书籍文章，说陈从未接受过国民党官方赠款一事，均源于郑学稼对陈的回忆文章及郑写的《陈独秀传》。郑且说明他本人是陈独秀退还此项赠款的直接经手人。因此，在未获此事的直接档案之前，大陆诸家

20年来的说法,也是有根据的,即根据郑学稼的说法。

现在比较之后,我以为似以台湾档案为更可靠,因为其中有陈独秀复朱家骅一函,可以证明此点。因此,我以为陈独秀确曾接受了此项赠款。

但我认为即使如此,也无伤于陈独秀晚年的日月之明。蒋政权及蒋本人对已不干预政治更无伤于他的统治的各方大名人,都是要设法维持他们的生活的,以便减少一些社会责难。此点各地方军阀也都能办到。对陈独秀这个大名人,在当时还找不出堪与之对应、匹敌的人物。如果陈出狱入川后不久即贫病而死,在国民党内部也会闹得纷纷然,对蒋也会有激烈抨击。

抗战时期,在大后方,无论官民,均称日本占领区为"沦陷区"。凡从沦陷区来到大后方,即国民政府仍能坚守的地区读大学的,均一律享受似乎叫做"助学贷金"的援助,这项贷金似要包括学、食各种费用在内。这项"贷金",事实上是不偿还的。此外,还办了若干个大规模的中学(初、高中),我认识一个朋友,他说是读甘肃天水"国立十二中"高中的。因此,当时的国民政府原则上是要把随政府西迁的一切人,均视为不愿当亡国奴的"义民"的。对其中特别有巨大社会声望的大名流,一般是要设法用各种名义予以生活安排的。对陈独秀,如听其冻馁,这对当时的中国政府是很不利的。

陈独秀的学生们,不居官而在社会纯以任职、任教为生者,其时生活水平均已大降,事实上已无力长期担负对陈独秀的资助了。此时,由国民党官方以私人或半私人名义赠给陈独秀生活费用是最为适宜的。

陈独秀在四川江津时期,国民党内可以私人出面资助陈者,其实以冯玉祥、孙科出面也很相宜。同盟会元老级人物、监察院长于右任,司法院长覃振、居正,考试院长戴季陶等人,也均可以出面干此事。且陈独秀同戴季陶、于右任、居正还是老相识,甚至是“战友”,但没有由他们出面。如由戴季陶出面,陈独秀绝不会接受,因戴名声太臭。由陈立夫(教育部长)出面更不行,陈独秀不但不接受,且可能骂人。最合适者,莫过于北大的先后同事与学生,此是自然之理。这时期的人物,最适于出面的是北大学生,又是“五四”时北京学生领袖的傅斯年、罗家伦,与后于陈独秀在北大任过教授、系主任等职的朱家骅了。朱家骅入川后身兼国民党党务与学术界两要职,即国民党中央组织部长,与蔡元培1939年逝世后所任的中央研究院代院长,政学两栖。且1926年朱家骅南下广州任中山大学副校长与鲁迅南下厦门任厦门大学教授的时间相差无几,二人南下之前,又均同被列入北洋军阀驱捕的名单之列(鲁迅在一书的后记中详列了一连串名单,朱、鲁均在其中,现一说并无此项名单)。反之,如由教育部长(原国民党组织部长)、CC系头领、蒋介石的头号心腹、政治顾问陈立夫出面,陈独秀自然不可能接受。

至于傅斯年,此时期似为中央研究院总干事,即原来杨杏佛的一职,似仍兼历史语言研究所所长。罗家伦此时仍稳坐在中央大学校长位置上。因此由傅斯年、罗家伦出面赠款,更为合理,因为傅、罗二人均为“五四”运动产儿,是陈独秀的学生。但如由此二人出面，则又显得私人气太重，纯粹成为学生孝敬师长了，国民党恐又心有不甘。

朱家骅确是相对最为适当的人物，邵力子当然更适当，但邵此时期正任驻苏大使。而朱是1922年到北大当教授的，时陈离开北大已约两三年，朱在北大也任过教授、系主任等，与陈独秀的职务差可相当，属先后同事之列。而朱家骅兼党学二要职，表明他是官学两栖人物，可从侧面说明他的赠款正是以私人名义致送的官方款项。朱致陈三信中，有二信称张国焘为“同志”，一信称张国焘为“先生”，似也有意表明此项赠款系为官方所赠也。

左文发表后，我收到几个电话，询问我对此事的看法，并道及有的读者以此颇不直陈独秀先生。我的认识已如上述，国民党当时以私人名义对陈有所赠送是自然的、应该的，陈在得不到其他最低生活补助后，无任何条件地接受此项纯属维持简单农村清贫生活的赠款，也无伤于陈独秀的日月之明。陈独秀此时等于一件国宝，收存之责，人皆有之。

因此，我以为，20年来曾大大歌颂过陈独秀从未接受过国民党官方分文赠款的书籍与文章作者，也不必为此感到不安。再者，此项档案既全部存于台湾中央研究院之史语所，足证当日朱家骅赠款及去信，均是以中研院代院长或院长的身份做的。

至于郑学稼为什么要那么说，倒是一个难以解释的问题。是否由于死无对证，郑为了自高身价而这么说呢？总之，看来郑学稼说的并不可靠。

整个抗日战争时期，我都在敌后抗日根据地，对大后方的情况知之甚少，故上文也许有失误之处，烦请识者指正。

我还要说一事，这件事情在当时的复杂性，绝不是凭台湾中科院史语所的那点档案文献所能“定”出什么“性”的。

这件事情的出现，在当时还有十分微妙的历史背景。1938 年 3 月，斯大林处决了布哈林等一大批老布尔什维克的高级领导人（包括在斯大林任总书记前担任斯大林大体相同职务的克立斯亭斯基），叫做什么“右派与托派联盟”。维辛斯基的起诉书有两大版，当时在武汉长江局机关报《新华日报》《群众》杂志等均刊登了。当时长江局书记是王明，他从苏联回国才几个月，自然是要卖全力宣传此事，并在其他报刊（中共领导的）大肆指名辱骂陈独秀为“托派汉奸”（语必学维辛斯基。如康生文，则显然希望超过维辛斯基，康在延安《解放》杂志上写的《铲除民族公敌、日寇汉奸、托洛茨基匪徒》（凭记忆，未必全对）也在武汉刊登了。当时我们一点真相也不知呀！所以鲁迅骂中国托派的刊物，被冯雪峰硬写成均是用日本人的钱印的，我们那时才十几岁，也相信呀）。

此次大规模的诽谤运动，在武汉引起了一些中间派的社会名流极大的反感，他们联合二十来人在大报上申明，对诬指陈独秀为汉奸一事作了语气稳重的反驳（因为当时他们也怕得罪中共）。当时武汉有些律师也表示，愿为陈独秀的控诉作义务辩护。此事陈独秀似乎视若无睹，未予理会。因此，在这一状态下入川的陈独秀，又有多少人敢去救济他呢，而中共方面则仍是坚持武汉时期那套方针来对待陈独秀的。在此种情况下，陈独秀若真的贫病而死，当时的重庆中央政府向全中国交不了账。

因此，在此种情况下，由国民政府以个别私人名义赈济陈的生活，就成为事所必然的了。我觉得，这件事既不是国民政府的恶政，也不是陈独秀的被收买。

但陈在死后还在被中共方面骂。写文章在《解放日报》上登载的人叫李心清，是我的同学，我在 1942 年在晋西作农村调查，没详细看。

当时，中国的时事大背景就是如此的，应该怎么看待此事呢？我的愚见，以为这件事是无损于独秀先生的日月之明的。

（原载《炎黄春秋》2005 年第 5 期，收入本集时内容有增删）

张闻天——中共倡导继承优秀民族传统文化的第一人

上、提出这个问题的重大历史意义

我感到,张闻天是中国共产党历史上高层人物中强调必须继承和发扬我国优秀民族传统文化遗产的第一人。下面扼要地谈谈此事(按:本文是将“传统文化”与“文化传统”加以严格区别的。前者仅指一切历史存在的总和;后者则指对这个总和的根本理解和概括。对后者,我同意一些学者的看法,它的主要特征是专制主义)。张的文章很长,不太易懂,但内容甚好,本文纯属扼要介绍性质,述而不作。

历史事实是,中共自成立至抗日战争前,对中国古代传统文化,由于种种必然原因(详见下文),是不重视和大致采取否定态度的。当时似乎是必然的,因为马克思主义的前提就是要批倒一切旧传统的。但是古老的中华文明是十分光辉灿烂的,其中有很多非常优秀的成分。西方有些学者认为,孔子的“己所不欲,勿施于人”八个字,胜过西方多部宣扬人道主义的奇书。但是,自中共成立前后起,至抗日战争爆发前止,中共及其领导下的各个知名饱学之士,约 20 年间,确实未曾做这一工作。反过来,倒是予以批判和否定的态度占绝对优势。如上所述,这是必然的。

出现这种现象,绝不是哪个人的过错或犯了什么极左错误之类的原因,而是历史环境和条件决定了不能不出现这个历史的必然现象。

这些历史条件是:

第一,中共是在 1919 年五四运动之后成立的,是在反对旧道德、旧传统、旧文化的思想观念的革命高潮中形成的,它的领袖陈独秀就是五四运动的总司令和旗手,它的第一批领导人和发起者,当然都是新入门的马克思主义者,是在“资本主义的丧钟已经响了”“旧世界打它个落花流水”“要同传统观念实行最彻底的决裂”这些口号声中出现的。既然如此,还能承认中国封建社会的政治、礼教、道德等观念中有什么好的东西吗?(中国元老级共产党人,作为个人爱好,倒是大都喜欢史书和诗词歌赋等文艺作品)

第二,他们当时都是新入门的马克思主义者,当然还不大可能懂得真正的马克思主义者,对人类文明的既批判又十分尊重的态度,更不知道列宁在几篇重要文章中,强调一切马克思主义者都必须继承全人类一切优秀文明的号召(列宁的《论青年团的任务》是 1939 年在延安才由王实味译出发表的)。

第三,这种对旧传统基本上采取一律否定的态度,在世界史上，几乎一切启蒙革命家都是如此。中国当时一些思想界的猛士几乎都是无视以至仇视旧传统的，这不是他们的缺点，而是他们的极大贡献，无此精神即无法前进。而且，往往是越明古学的人，讲的话越激烈。例如，鲁迅有大量反对中医、中国传统剧、线装古书的文章，其实，这些都只能证明他拥护科学、提倡创造、反对限制思想自由的坚决态度。鲁迅说过：我从旧垒中来，反戈一击，易致敌人以死命（大意）。当时，有一些人在某一时期或某一问题上确实是这么做的。例如，人们只知道鲁迅十分反对京戏，却不大知道胡适更加反对京戏。精通文字学的钱玄同和他的某些同道，甚至提出"汉字不灭，中国必亡"这类理论。这些当然都是过激的、不现实的，因而也就是并不正确的思想。但这些在当时却是非常进步的、革命的口号，这些思想界的英雄都是提倡民主的、自由的、平等的、科学的、创造的新文化的猛将。我们在今天绝不应当笑话他们，而应当十分尊敬他们，纪念他们，他们就是鲁迅称颂的好战士！今天有些人说五四过左、过激，甚至有人说"文革"就是五四"过激"思想的发展等，真是无法与之理论的胡说。五四时那么强调的自由、民主、科学、创造、个性解放……怎么能够成为要把专政发展到每家每户的"文革"呢？"文革"是对五四精神百分之两百的反动，怎么可能有一丝一毫是对五四精神的继承与发展呢？还有所谓责备"救亡压倒启蒙"说也很滑稽，日本的军刀已经架到中华民族的脖子上了，你还不奋起救亡，那就只有等待日本军刀砍下来就彻底启你的蒙了。这类东西，乱说之，近乎儿戏，竟在学术论坛上大讲特讲，俨然成派，尚何言哉！

在中共第一代革命家中，如陈独秀、李大钊、毛泽东、瞿秋白、董必武、林伯渠、吴玉章、谢觉哉等；在1925年前后兴起的第二代革命家，如张闻天、李一氓、杜国庠、吕振羽（当然也包括那时期入党的康生、陈伯达）等；以及更晚一些入党的如范文澜、齐燕铭、邓拓等，当然还有一位贯穿这个时期全期更著名的历史人物郭沫若，他们都是精于国学或于国学很有根底的人物，但他们在抗日战争前均未发表过要继承和发扬中国传统文化（不是"文化传统"）中的优秀部分这个原则性问题的意见。这当然主要是时代要求不同之故，当时是不便讲的。

因此，上述状况是必然的，没有任何人有过什么错误。因为那个时代和环境，不允许共产党人和左翼人士提出这种意见。1925年孙中山逝世后不久，国民党新右派的理论家戴季陶的《孙文主义之哲学基础》，就是强调孙中山的三民主义理论，全是来源于中国古代传统的儒家思想的。此后，蒋介石已经不可能满足于以戴季陶主义来代替孙中山主义，于是就改由刘健群、贺衷寒、邓文仪等人宣传的墨索里尼主义与希特勒主义即法西斯主义来冒充三民主义了。同时期，蒋介石又在全国大搞"新生活运动"，主要利用的又是中国的旧东西，如礼义廉耻等。因此，在这种情形下，尤其在1927年至1937年间，中共和一切左翼进步人士，不得不同蒋介石划清界限，因而也就不可能在中国的古代文化中去发扬其优秀部分了。这是在一种特殊的政治历史条件下形成的现象，不足为奇。

抗日战争爆发后，情况发生了根本变化。民族利益高于一切,中国历史上一切优良的传统文化都必须予以充分发扬,以便更加激励全国人民更高的爱国热情。张闻天便是迅即感到在这个问题上的态度必须迅速予以根本转变的中共第一个历史人物。

张强调必须继承和发扬中华民族传统文化中的优秀部分的思想,比较系统地发挥在延安的两次大型演讲中。一次是1938年4月12日在陕北公学的演讲《论青年的修养》,另一次是同年7月26日在抗日军政大学的演讲《论待人接物问题》。后者特别重要。本文谈的主要是这篇文章中的思想。前者大概是共产党人第一次谈"修养"二字,这本身即是一个十分值得注意的问题。"修养"二字是中国传统文化中的一个大问题,而且大体上是偏于主观世界方面的,即内心修养的问题。这就同只讲革命斗争、革命锻炼有所不同了。这篇演讲已吸收了儒家思想中着重内心世界的修养的一些合理的内涵了,张闻天是把这种内心修养运用于革命斗争的需要上,把儒家着重内心世界的修养,给予了革命的改造。用一句老话说,这篇文章就已经是具有民族的形式和革命的内容了,而且这二者在此文中已是结合得相当紧密的了。笔者当时是听这个讲演的台下一千多革命青年中的一个。那么多活跃的、基本上是天不怕地不怕的青年们,在露天风沙中,一片鸦雀无声,可见其感人之深,把青年们的身心全吸引住了。

关键的是第二篇,即7月26日在抗大的讲演《论待人接物问题》。这个题目同内容相比其实是不大确切的,文章的题目实际上应该是《论如何继承和发扬优秀民族传统文化问题》才更确切。这个问题，在中共党史上恐怕是第一次这样被人提出，而且又是出自当时中共的一个主要领导人之口，它的历史意义就特别巨大了。这就使全党以至于一切民主进步人士都知道，从此以后对待中华民族的一切优秀传统文化应该采取什么样的正确态度了。但由于它是曲折地提出的，我们也不能过于夸大它的历史作用。

严格地说，在这种场合下这么引经据典地（当然，很多引文是以后发表时才加上去的）阐述这么一个问题，并不是一个适合的场所。看来，张闻天是久有此意，是借此机会早日表露，以便公开发表，迅速传布全国。

这篇演说，确实未曾谈多少抗日战争问题，而是大量谈如何认识、接受和发扬中国古代传统文化中优秀内容问题，根本上是如何对待中国传统文化这个大问题。这就一改五四以来20年间马克思主义者和一切进步民主人士在对传统文化问题上的根本态度了。它在当时的影响之巨大，对以后的影响之深远，它所起的最良好的历史作用，都是非常巨大的。但这篇文章在延安整风中却遭到了严厉的批判，带头发难并猛批此文的，正是当时在整风中地位仅次于毛泽东的康生。因为整风的总学习委员会的主任是毛泽东，日常担任领导整风工作的是副主任康生。

下、所举论证极其精彩

闻天同志在此文中引用了大量的古籍，从先秦诸子到宋代名儒,为数甚多,此处自然只能略举一二,以资佐证。以下分为小点,择要介绍张文的主要内容。省略之处自然很多。

第一,一切问题必须考虑民族的特点。这是张演讲的根本出发点和归宿点。张一开场就开宗明义提出,在中国进行革命,在中国对马克思主义的运用,必须完全适合中国的国情,适合中国的"各种传统和特点"。他说:革命者在中国工作和在中国应用马克思主义时,"要求认识一切中国人所有的民族的、社会的、历史的、文化的、思想的、风俗习惯的各种传统和特点"。要"估计到中国人的这些传统和特点,再加以改造和发展,使之适合于中国革命的要求。"他声明,演讲的全文只是"就这个问题提出一点意见"。而这一点,正是张要同教条主义彻底告别的根本表现:一切事情究竟是从中国的具体情况出发,还是从书本教义出发?

第二,张是第一个提出要正视"其兴也勃,其亡也忽"的人。张说,任何人都应善于作自我批评,也应善于接受别人的批评,这是避免"兴亡勃忽"的根本条件。张在这个问题上论述得很彻底,也比较详细,这里只能引用他其中的一小段话:"人们的弱点,在于常常喜欢恭维自己、奉承自己、拍自己马屁的人……对于那些正直不阿、大公无私的人,却常常抱有厌恶与不快之感,对于过去有过争论的人、有过恶感的人,常常表示怀恨。""那些善于恭维自己、奉承自己、拍自己马屁的人,正是那些最容易把事情弄坏的人……中国人从来所最为称道的美德之一是'从谏如流'……所谓'商汤罪己,其兴也勃,桀纣罪人,其亡也忽',这已成为中国人公认的历史真理。”黄炎培老先生在六七年之后，在延安也重提这个问题。黄、张是小同乡，均是今上海市浦东新区人，黄故居在旧川沙县城内，张家靠海边，两处相距约二三十华里。

第三，张提倡要宽宏大量，兼容并包，真诚坦白，实行恕道。张在讲演中说，一个革命者不但要做到“禹闻善言则拜”，并要能够在一定的原则下，服膺中国古人所谓“‘不念旧恶’，实行恕道。”因此，他又说，“在抗日的总原则下的‘博爱’、‘宽宏大量’、‘兼容并包’的态度，是建立广泛的抗日民族统一战线的必要条件。”这是举例，除了抗日战争时期外，在其他时期与工作中是不是就不要考虑张闻天在这里提出的问题呢？建国后我们一个运动接着一个运动，一次“合法”地打掉5%左右的人，打来打去，没有挨过整的人还有几个呢？张闻天在文中说，“对于人们的错误与缺点，要诚恳地劝导，采取忠恕的态度……千万不要把‘大帽子’（如汉奸或机会主义者等大帽子）随便戴在人家的头上，随便以讥笑谩骂与打击斗争的态度，对待犯错误与有缺点的人。”张闻天主张“我们对人应该真诚坦白”。只有如此，才有相互了解的可能。

第四，张主张要适当地实行“中庸之道”。这种“中庸之道”无非是反对走极端的意思，因此，张闻天主张即使在党内斗争中，也要适当地考虑这个问题。张对此讲了一段很精彩的意见，“中国古人有句话说‘过犹不及’，‘过分’与‘不及’都是不正确的。中国过去讲究的‘中庸之道’，如果不把它像古代及现时的许多人那样解释成为折衷主义，调和主义……这就可以看作是一定历史事物在一定时间空间中所持的坚定的、中肯的、恰当的，如《中庸》所谓‘强哉矫’的立场……只有坚定不动摇的不偏不倚的正确立场，才能使人们迈步前进，才能有力量去克服一切困难，才能教育人们正确地把握现实与改造现实。我们共产党人所进行的两条战线的斗争，即是反对过分与不及的偏向的斗争。”

第五，张闻天强调为政者必须亲贤臣，远小人，反之就一定败亡。这个意思他讲得特别痛快淋漓，张说：“现代中国人必须善于警戒自己民族有过的历史覆辙。宋代欧阳修在《朋党论》一文中，曾正确地论到君子需要‘为一大朋’，所谓‘善人虽多而不厌’，而国赖以兴。同时欧阳修又痛切地论到各代暴君的惨兴党祸、诛戮善类。他谈道，‘后汉献帝时，尽取天下名士囚禁之，目为党人’；唐昭宗时，‘尽杀朝之名士，或投之黄河’，说是‘此辈清流，可投浊流’。结果，都乱亡其国。”“特别需要沉痛记忆的，乃是明末罪恶盈贯的魏忠贤奸徒们排除异己、清除善类的流血党祸。魏忠贤奸徒们放纵强敌，而在内则对于一切善类概指为东林党而去之，因此就弄到‘群小无不登用而善类几空’。《诗经》上说得好：‘人之云亡，邦国殄瘁。’民族的精华既被淘汰，而外祸披猖，就更不可收拾。”张讲这段话时看来是很动感情的，文章也精彩，谁都可以看出这段话是针对着蒋介石讲的，最能取得爱国民主人士的同情。

第六，张文很强调反对骄傲自大，提倡谦逊和气，尊重他人。这个问题，他也讲得自然而充分，这同他本人长期以来的基本作风很相近，这恐怕是一个基本原因。他说：“决不要自高自大，目空一切，盛气凌人……孔子说，‘虽有周公之才之美，使骄且吝，其余不足观也矣。’”“我们的态度，应该是谦逊的与和气的态度……只有这种态度，才能正确地认识客观环境与自己的工作对象，才能虚心地倾听人们意见，接受人们批评，改正自己工作的错误与缺点。”张认为，在复杂多样的客观世界面前，任何人都没有骄傲自满的理由：“人类穷千万年的力量，还是不能把一切发现到最后的尽头，我们个人这一点知识、这一点经验算得什么呢？有什么可骄傲的呢？”

张闻天认为谦逊和气绝不是个外表态度问题，“谦逊和气，正是人们对于人生的诚恳的、严肃的态度……谦逊和气正是诚恳与严肃的表现形式。”这样来看待谦逊和气问题的，张闻天恐怕是第一人，这显然是由于他的特殊体会和长期修身做人的基本态度所致。张认为谦逊和气是表现了一个人的本质。这不一定是定论，但随时记住张的提示，却是大有好处的。

张说：“孟子说过，‘爱人者，人恒爱之；敬人者，人恒敬之。’每一个人都有他的自尊心，都不愿人家侮辱他……尊敬，当然不但是表面上的礼貌上的尊敬，而且也包含着对于对方意见的尊重。”

在这个问题上，张之所以能讲得这么好，首先恐怕是由于他终生在这个问题上做得比较好的原故。

第七，张强调任何人均应善于纳谏，要听得进逆耳忠言。他说：“李世民（唐太宗）说过以下中肯的话：‘以铜为镜，可以正衣冠；以古为镜，可以见兴替；以人为镜，可以知得失。’……如把人们对自己的诤言、劝告、批评，当作人们对于自己的攻击，当作人们要破坏自己的威信，当作人们要同自己争取地位或所谓‘争领导权’，这种人不论今天占据着何等重要的位置，是断然不能成就大事的。”这段话，现在有的人看了可能以为是意有所指的。其实，当时是绝对没有，这不过是在发表他固有的一个基本观点罢了。

第八，张强调为政者必须“言而有信”，反对“口是心非”“阴谋诡计”。张说，革命党人一定要“言而有信”。“‘阴谋诡计’‘口是心非’‘言而无信’，是没落分子维持他们的统治与威信的办法，我们革命者与革命的政党，是绝不应该采取的。”这个问题在中国之特别重要，大家可谓体会特深了。

第九，张坚决反对愚民政策，认为愚昧是人类进步的最大障碍。他说：“一切真正的革命者，真正的革命政党，绝不能采取愚民政策，决不能怕民众走向自我觉醒，走向自由与光明的道路……旧社会中人们的愚昧与无知，是人类进步的极大障碍。我们的任务是在扫除这种障碍！”愚民政策的最大特点，就是让你什么也不知道，什么头脑也不准使用。1969 年美国人就登上了月球，可是中国人却是在 20 世纪 70 年代末才逐渐知道的，在全世界大概是唯一的。（苏联不知公布了没有）

第十，张强调要接受先贤遗教，对人民要有“己饥己溺”、“摩顶放踵”的精神。张说，“禹思天下有饥者，由己饥之也，稷思天下有溺者，由己溺之也（上面这“由”字的意思和“犹”同——原注）。要用这种急切和诚恳的态度，这种言行一致的精神，去对待群众的问题和困难……中国古代劳动大众伟大的代表——墨子，他生平以自苦为乐，所谓‘墨子兼爱，摩顶放踵，利天下为之’，这种精神正是我们应该继承和学习的。”（引者按：墨子学说主张的性质，属于学术上争鸣的问题，郭沫若是相反意见的主要代表）

第十一，张提倡革命党人要有伟大的胸怀，要有容人之量，不能以公式主义的态度来对待人。他说，“革命党派需要善于学习《中庸》上所谓‘天地之所以为大’的精神”，“要有伟大的胸怀与气魄……我们绝不能把天下各种各样的人装进一个公式里去”，“如果一切不合于幻想的公式的人，就是坏人，那就怕天下坏人占多数而好人却占少数了。”张闻天在这里是一个假设，不料后来竟在中国长时间出现过这种局面。

第十二，领导者必须“临事而惧，好谋而成”，不能乱来。张说，“‘暴虎冯河’的粗笨办法，是要不得的……要如古人‘临事而惧，好谋而成’（原注：这里“临事而惧”的“惧”字，不是害怕的意思，而是敬谨的意思）。”张在这里所提倡的先贤的这两句话，可谓无价之宝，我们多少年所常犯的毛病不就是“临事不惧”，不就是“不谋而败”吗？

以上张闻天讲的这些，远非他讲的全部，这里选用的标准，是他结合中国古代优秀传统文化而加以发挥的某些论点。但从这些论点和引文中，可充分看出，张闻天自抗战初期起已彻底改变了“言必称希腊”的毛病，而是以马克思主义者的立场，结合中国古代文化遗产的最优秀部分，予以发扬光大，使之适合于中国革命和建设的需要。这是五四及中共成立后一件破天荒的工作，张闻天把这副担子担起来了。它当然还不够成熟，这是始创者的必然，因此论点有些分散。对于为什么要继承和发扬中国优秀文化遗产这个总问题，并没有做一个集中的阐发。但这种缺点大体上是中外一切启蒙大师的共同特点：他们提出了伟大的、历史性的号召，但难免有些粗疏。张闻天也不例外。

关于五四前后的所谓"国粹派"，即无条件的尊孔派，他们对古代儒家文化的态度是不分精华与糟粕，一律予以歌颂和继承发展。而且，这派人的一个最大坏事之处，是经他们之手把真正的国粹也变成"国渣"了。要说中国古代文化的罪人，绝不是那些提出"打倒孔家店"、"打倒吃人的礼教"、"掀翻这吃人的筵宴，毁掉做出这吃人的筵宴的厨房"（鲁迅语，大意）的思想家们，他们原则上都是一群除旧布新的真好汉！张闻天的文章，是五四以来把这个问题提出得清清楚楚的第一人，他的文章的真题目也不应是《论待人接物问题》，而应该是《论继承和发扬中国古代优秀文化遗产问题》。只有这样，才符合实际。张闻天提出的内容和方向，是一个真正的马克思主义者、实际上也是一切中国人，对中国古代优秀文化遗产应该采取的唯一正确态度。一味无条件地歌颂是错误的，一味无条件地打倒更是错误的。这就是伟大的毛泽东后来归纳出来的"取其精华，去其糟粕"八个大字。张闻天提出并初步阐发的这个系统思想，正是对五四运动的一种唯一正确的继承和发展的态度。所以，他这篇文章的重大历史意义是十分清楚的，是提之不会增高、抑之不会降低的重大的历史文献。

这是五四运动后一篇极其重要的文章，也是中国共产党历史上一篇极其重要的文献。它从未得到过正确的、应有的赞扬，反倒遭到康生之流的激烈否定，现在应该是到了恢复它的光辉历史面目的时候了。

（原载《炎黄春秋》2004 年第 1 期）

我所知道的胡耀邦为“61 人案”平反急如星火

一

在戴煌著《胡耀邦与平反冤假错案》一书的李锐序中说：“耀邦主持中央组织部工作时，当时的中央领导人抵制平反冤假错案的工作，曾拒不交出一、二、三专案办的档案材料。这是何等困难、何等严峻的局面。耀邦另起炉灶，对大、小案件，由中央组织部单独进行调查，一一落实，取得成功。”但戴书对“61 人案”只提及一下，我现在来做点补充。因为，这是一个特殊大案，被诬陷的人，有政治局委员、副总理、几个中央局书记、省委负责人、党中央及政府部长等一大批人，非同小可。

耀邦同志为平反这个冤案急如星火、迫不及待的情形我知道一点点，我也曾为此事写过几次材料。我这个小小的晚辈，在偶然的机会中，掌握了可以完全推翻康生等的阴谋的具体资料，用句不科学的话来说，这真叫“天网恢恢，疏而不漏”。我这材料从未见过报刊,但它无秘密性可言,是应该公开的。

此事发生在1978年夏季,在党的十一届三中全会召开前的几个月,下边是一点经过。

1977年四五月时,即打倒“江青反革命集团”半年多一点的时候,于光远因事到上海。一天,他打电话到上海《辞海》编辑部找我,叫我下班后到东湖路招待所去找他,我去了。他问我的情况,我说,继续靠边,无事做,替大家抄写打倒邓小平的大字报,不天天斗了。我告诉于,我写了两份材料给中央,不愿邮寄,怕收信单位转给那帮人,这次正好请你回京交与叶帅。当时,邓小平同志尚未出来,中央领导人中暂时我只相信叶帅。

两件材料,一是关于张闻天的,一是关于康生的。我认为这二人的忠奸善恶,都应该由中央作180度的彻底颠倒才行。康生的事,于光远同我知道的是一样的,当天我们二人再次回忆对证也是一样的,绝对无误。第二天我就把现成材料交到于的手中。

说来好笑,我当时的身份是很明确的:摘帽右派,“牛鬼蛇神”的定位一点也未改变,而且我也没有想过会有所改变。因为那时“两个凡是”正叫得震天响,还会改变什么呢?不过良心驱使我急于写那个建议罢了。我建议中央彻底翻案的张闻天,是前总书记、政治局委员;康生,“文革”大红人、军师、中央副主席、“伟大的马克思主义者”(中共历史上第一个被这样称呼的)。这两人在延安时都是我的业师,也是我分别参加过的两个工作团的团长，而且康生待我是很客气的。但我对他们二人的印象和评价却截然不同。我这两份上书，于光远回京后看见情况完全不对，就把它们暂时压下了，现在看来压得很对。1978 年 6 月，我见到邓力群同志，谈及这两件材料，邓也说，张一定会平反，但康的事情目前还不能谈。那时康生还在天上，如真把我这材料立刻交上去，我还不知道会怎么样呢。

二

1978 年七八月间，我已经正式调到北京两三个月了，在中国大百科全书筹备小组工作，地点在东总布胡同东口的几间平房内。一天上午，我们几个筹备人正在开会，于光远的司机跑来找我说，光远叫你立刻去他家，有要事。我打电话一问，果然重要。只好说明情由，负责人姜椿芳也高兴极了，叫我立刻去。到于的书房时，有四五个人在分头议事，很忙、很乱。于光远说，昨天下午看见耀邦，对他说起，我们手里有一份康生详谈“61 人案”的材料（是康生的供状，内容已告诉胡了）。耀邦听后，高兴得不得了，说：“有这等事，太好了。”叫我立刻给他送去。但你已下班，又无电话（那时我住在招待所），材料一时找不着，只好请你来重写。耀邦急如星火，刚才又打电话来催了，请你现在就写。

我于是坐下立刻写，约十多分钟就写好了，内容同上次我在上海写的自然一样。

这材料的题目已记不得了，大概是《康生谈薄一波等“61

人案”的经过》之类。内容则永远记得十分清楚,大要是:

1948 年旧历元旦(或初二),位于山东鲁西北阳信县的渤海区党委组织部长刘格平同志,请康生及中央土改工作团全体团员到他的家中吃晚饭。因为刘是回族,不能出席区党委的正式宴会。这次名为晚饭,因在冬天,考虑到康晚饭后要散步,所以大约下午三时晚饭就开始了。因此,饭后仍照常散步。康生忽然问大家,“你们知道刘格平这个人不?”未等回答,他就继续说下去,“这个同志资格老得很,是 20 年代初的党员,是个回族同志。他比别人多坐了 8 年监,敌伪时期他照样在北平坐监,敌伪不知他是共产党员,糊里糊涂当他是普通刑事犯,他算活下来了。是日本投降后才出监的(最后一句记不清了,也可能是日降前不久,敌伪监狱已大乱,由党组织设法花钱把刘弄出来的)”,“他是老党员,当然是马克思主义者了。可是只要一谈起《可兰经》,他的马克思主义就不见了(按:此二句我和于光远反复对证,认为连字句都是这样的。因为当时印象特别深,康也就只这么讲了两句)”。“1936 年夏,少奇同志从陕北到平津担任华北局书记后,当时革命形势一天天高涨,可是特别缺乏干部,有经验的老同志多在北平敌人的监狱里,这就是薄一波、刘澜涛、安子文等 61 位同志。当时分析形势,他们再坐监下去很危险,有几种可能:一是日本很快占领平津,这些同志就立刻会被杀害;二是蒋介石如要把这些同志押到南京去,宋哲元欢送;三是宋哲元嫌麻烦,请求把这些同志送往南京去。所以,这批同志如不赶快出监就很危险。当时国民党地方当局对共产党员出监的手续已不那么厉害了，只要登个脱党启事就行了。因此，有同志建议（听说这是当时华北局组织部某部长建议的），是否请示中央，让他们办一个出狱手续全都出来为好。刘同意了，请示中央，中央由张闻天出面复电同意了，于是通知薄一波他们照办。但他们坚决不同意登启事，不出狱，经多次催促，不愿用此方式出狱。”康也提到在狱外为此事奔走的徐冰、孔祥桢等同志的名字，康生说，“此事久久不决，华北局通知他们，再不执行就是个纪律问题了。”于是狱中决定先出来一个同志探听虚实，弄清楚中央的指示后再出狱。（最后一事已记不大清了，也可能不确）

我一会儿就写成了，于叫秘书立刻拿到单位打印。我说，是否找高文华同志看看，于说不必了，老年人怕记不清楚了。我也赶快说，高身体不好，一般他并不参加这个散步，不送好。我又说，还有凌云、史敬棠。于说，也来不及了，转来转去，又是好几天，耀邦立刻要，我们二人共同署名就有效了，耀邦没有想到会有这样好的证明材料，所以特别高兴，要得紧。

不久，中央为薄一波等“61 人案”正式平反的文件出来了，后面正式附了唯一一个附件，就是于、曾二人所写揭发康生的材料全文，这个文件我当时看到了。后来编出的一本中央内部文件，省去了这个附件。这也是自然的，因为正文内已经引用这个附件了。

这件事情说明，胡耀邦在平反冤假错案，特别是重要的冤假错案上的决心、热情和恨不得有凭有据地立刻解决问题的心情，是十分令人感动的。历史的真实就是如此，这种事情埋没了是可惜的。耀邦办这件大事,是抢过来另起炉灶,加急为“61 人案”平反的。因为这里面“要人”很多,平反了他们,影响很大。

(《炎黄春秋》2004 年第 4 期)

哀吴晗

有人以为写“遵命文学”一定很保险，名声纵然不太好听，但有实惠可得，总不会像那些敢于讲几句真话（其实是真正按照十一届三中全会以来党的方针政策讲的）的人那样，没有好下场。奇怪的是，这类人大都是些新阿Q，自觉问心无愧，于是，行若无事，还是该做什么做什么，只有不准他们做了，他们才没法做。一下子变成一堆拣不起的狗屎堆的人似乎并没有，即使有我也不知道。对这一现象当然有人很不高兴，总想把这些人整到彻底完蛋为止。那样，事情就会好办多了。

由于风波迭起，几乎没有平静过，于是，有些眼热的人就沉不住气了，看见山雨欲来，他就赶快给你个“风满楼”，忙着起哄大写其左批右判的文章，自以为这回总算跟对了，或者说不赶紧跟上就迟了，倘若功劳都被别人抢去，自己岂不吃大亏？于是，牙根一咬，实惠我还是得到了，即使不被明令记功，至少有些上司对我也增加了了解，印象不错，晋升补缺的机会总是比别人多。骂又何妨，几十年前的共产主义理想早还给马克思了，虽无利息，但分文不少，如数还清。

近读《关于建国以来党的若干历史问题的决定》的《注释本》修订本（1986 年人民出版社出版），我看了吴晗教授的那一段事迹，不禁废书而叹，悲从中来。吴晗教授是我非常尊敬的一个学者，抗战后期他在反独裁、反特务、反迫害、反饥饿、反内战、反对美国干涉中国内政的各项运动中，无不以一个著名学者的身份站在斗争的最前列，他的著作，如明史论文、论朱元璋、论钱谦益、时论杂文等，当时我虽在延安及其他解放区，但吴文每一出版，我必定恭读，对他五体投地；解放后我读到王冶秋同志的回忆录，才知道他还参加了党的地下秘密工作。他是否共产党员？如是，是什么时候入党的？这些我至今不知。但我却认为他早就具备一个优秀共产党员的条件了。

解放以后的吴晗忙于政治活动，研究与写作的时间少了。当然，他也过分天真，以为都民主了，自由了，平等了，要写也往往是遵命文学。但天威叵测，他的惨死，他一家人的惨死，其悲惨程度在"文革"中是少有的吧，在历史上又能找出多少呢？我现在就抄引上述《注释本》中的一段叙述，看看吴晗及其一家是怎么死的。这是一本公开发行的书，公布了好多过去不为大家所知的秘闻，但这是"大道新闻"，不是"小道消息"。这本书上说：

> 1959 年 4 月党中央上海会议期间，许多同志在总结"大跃进"的经验时都提到要提倡敢讲真话的问题。毛泽东在会上提出要学习海瑞。他一次会上

讲了海瑞的故事，并说尽管海瑞攻击皇帝很厉害，但对皇帝还是忠心耿耿的。他看过一出有海瑞出场的清官戏《生死牌》（又名《三女抢板》），并表示称许。1959年6月，《人民日报》发表了北京市副市长、明史专家吴晗的文章《海瑞骂皇帝》。庐山会议前夕，胡乔木约请吴晗为《人民日报》写一篇有关海瑞的文章，谈话时，吴晗还答应再写一个以海瑞为主人公的戏。1959年8月，党中央八届八中全会错误地开展了对彭德怀的批判。会上，毛泽东提出了要区分左派海瑞与右派海瑞的问题。1959年11月，吴晗在《人民日报》发表了《论海瑞》一文。文章的结尾已写上了毛泽东的这个观点……1960年底，剧本（指吴晗的《海瑞罢官》——引者注）写成，原名《海瑞》，后接受别人意见（这个"别人"指名植物学家蔡希陶，这是1978年国庆日晚，蔡先生在昆明亲口对我详细说明的——引者注），为区别于其他海瑞戏，改名为《海瑞罢官》……

从1962年开始，党内在对"大跃进"的错误的认识，对纠正错误、克服困难所采取的调整措施的认识等问题上的分歧有所发展。在这样的背景下，江青多次向毛泽东说，《海瑞罢官》有问题，要批判。毛泽东开始时虽不同意，后来还是被"说服"了……1965年初，江青在上海与张春桥共同策划，由姚文元写批判《海瑞罢官》的文章。整个写作活动是在一种很不正常的秘密状态下进行的。中央政治局委员除毛泽东外都无人知道，更不用说别人了。

以上引文较长，但抄得并不吃力，因为作为发动祸国殃民的所谓“文化大革命”的序幕的批判吴晗的《海瑞罢官》，就是这么制造出来的。江青是什么时候开始左右政局的，是1966年“文革”开始后吗？上面这段引文已经清清楚楚地表明了，这个空前女杰之在后宫掌握党国大权，仅从这一件事已可看得十分明白了。什么慈禧太后，比之江青，不过是小巫见大巫罢了。

吴晗的惨死，当然是一个惨剧，但更主要的是一个悲剧兼喜剧。按照鲁迅的精彩说法，悲剧是把伟大的东西毁灭给人看，喜剧是把丑恶的东西撕破给人看。从上述材料看，“喜剧”的性质已经用不着解释了；悲剧呢？吴晗这位正直的大学者死得太冤，他不懂得什么叫阴谋阳谋，他全心全意拥护最红最红的红太阳，他哪里会想到这个红太阳随意射出来的一点火星，他和他的家人就都化为灰烬了呢。吴晗写的有关海瑞的文章和戏剧全是百分之百的“遵命文学”，谨遵圣旨执笔而已，他自己并没有什么大的创见。他哪里会想到奉旨惟谨地在撰写“遵旨文学”的时候，也就是在为自己全家人的惨死一镬头一镬头地挖掘坟墓的时候呢！

现在急于搞“遵命文学”之类的人，比过去当然少多了。可是争着去猛干这类事的人也还是大有人在。因为利之所在，总有那么一些急于功利的人。我想善意地劝告这类同志一下：吴晗一家惨死的情况你知道不？他的教训你接受不？

依我看，不要太那么急功近利了，还是接受一下吴晗的教训为好。

此外，吴晗事件的始末，当时知道得很清楚的人应该为数不少，而且也都不是凡人之辈，但谁曾出面替吴晗说过公道话呢（在“文革”初期，在历数彭真同志的“罪行”中，记得有彭不赞成那么整吴晗的一条“三反罪行”）？似乎没有听说。我在这里丝毫没有责备这些同志的意思，因为他们的遭遇也已经同吴晗一样，或者还要严重得多。同样是死，甚至是惨死，能为吴晗辩诬而死，则名字之流芳当在吴晗之上。我盼望中国有一天能出现这样的局面：如果历史万一再对中国开一次大玩笑，在中国土地上再一次出现吴晗一类的事情的话，知情的人却都一致抱定宁可辩诬而死，也绝不沉默而死的态度。吴晗惨遭迫害时，无人敢于舍死出来说明真相，这难道不够令人痛心吗？这就说明，为什么庐山会议上的彭德怀、张闻天是那么令人景仰，是那么应该流芳百世了。

1989 年

（写作于 1989 年。此文已收入清旭调主编《当代散文精品》一书，收入本集中时，本人有删节）

九州忍泪读“燕山”

——邓拓《燕山夜话》新版代序

八闽奇才钟一邓，
九州忍泪读“燕山”。

一

80年代上半期，我在两次选录邓拓同志的杂文时，自然地便吟出了上述这两句悼词，这次临文时，又想起了它。我觉得这两句话至今适用（虽然它是不合对联规格的），以后也会永远适用的。

邓拓的《燕山夜话》就要由中国社会科学出版社郑重地重新出版了。邓拓同志夫人丁一岚同志在两年前即要我为此书写一序言。我既是革命晚辈，更兼不学，何敢言序。但作为邓拓文章的一个爱读者和景仰者，读后感总是有一些的。

这次临笔时，我首先就想起了恩格斯在《自然辩证法》“导言”中的一段话，文长，此处只能略加引用：

这是一个人类从来没有经历过的最伟大的、进步的变革，是一个需要巨人而且产生了巨人——在思维能力、热情和性格方面，在多才多艺和学识渊博方面的巨人的时代（引者按：指欧洲十五世纪后半期以后的文艺复兴时代）。给现代资产阶级统治打下基础的人物，决不是受资产阶级局限的人。……他们的特征是他们几乎全都处在时代运动中，有的人用舌和笔，有的人用剑，一些人则两者并用。因此就有了使他们成为完人的那种性格上的完整和坚强。

我觉得邓拓也是大体上当得起恩格斯称颂的这种人的。不过邓拓是更进一步，他是作为更加辉煌的无产阶级的代表人物出现的。呈现在我们面前的邓拓，不仅是个职业革命家，同时又是一个史学家、经济史学家、文学家（诗人与散文、杂文家）、美术评论家（中国绘画）、书法家等。对于青年人来说，他又是一个亲切而够格、循循善诱的好师长。他最终保持了铁骨铮铮、义不受辱的崇高风范，这点尤其令人敬仰与怀念。邓拓的文格高，人格更高，他永远是中国共产党的一个杰出典范人物，是中华民族最优秀的儿子之一。

邓拓的杂文《燕山夜话》，起自 1961 年 3 月，讫至 1962 年 9 月，共一年半时间，是《北京晚报》上的一个专栏文章，共 153 篇。邓在 1962 年 10 月中旬写的《告别读者》中说：“近来由于把业余活动的注意力转到其他方面，我已经不写《燕山夜话》了。”又说：“……现在下马也是为了避免自己对自己老有意见。等到将来确有一点心得，非写不可的时候，再写不迟。”这些当然纯粹是一种托词。1962 年 10 月中旬是个什么时候？这是在毛泽东尖锐批评党内自下而上，尤其是上层刮“黑暗风”“翻案风”“单干风”等的几个月之后；在 1962 年 9 月下旬又在北京召开了八届十中全会，毛泽东在会上强调阶级斗争要“年年讲，月月讲，天天讲”，实际上“以阶级斗争为纲”的总路线完全形成之后。邓拓当然比常人敏感一些，《燕山夜话》太惹眼了，他立刻搁笔。

但是，邓拓与吴晗、廖沫沙三人共用“吴南星”的笔名在《前线》（北京市委机关刊，邓拓主编）上写的《三家村札记》并未停止。邓在《前线》上写的第一篇杂文，始于 1961 年 6 月，比《燕山夜话》晚三个月，题作《伟大的空话》，比《燕山夜话》上的文章刺目多了，这时，还正是饿死人非常严重的时候。邓在《前线》上的末文写于 1963 年 7 月，已是在《燕山夜话》告别读者的十个月之后了。就是说，“夜话”与“札记”基本上是同时存在的，不过“札记”的寿命还要长七个月。原因不便猜测，可能是由于《前线》不那么引人注目之故。

二

我以为如果不清楚地了解邓拓杂文产生的时代背景，就无法理解他的那些随笔、杂文。邓拓《燕山夜话》（以及《三家村札记》）的写出，是同 1960—1961 年中共中央开始采取的调整国民经济的总方针（按：事实上即是挽救“大跃进”造成的大悲剧的种种紧急措施，也是在实际工作中大规模反“左”的方针。）分不开的，更是与同时期的文艺调整工作的所谓

“文艺八条”的方针政策分不开的。邓当时尚任中共北京市委文教书记，对于总的“调整”及分门别类的“调整”方针，当然都是知道的。调整经济的总方针，形式上开始是由国家计委主任李富春同志作为代表提出的（当然是代表中央多数人的意见），初为“调整、巩固、提高”的方针，周恩来总理审读后加“充实”二字，成为“调整、巩固、充实、提高”的八字方针，从此就这么固定下来了。也简称“调整”方针，人们也曾把60年代开头那几年习惯上称为“国民经济调整时期”。

这时期的多种“调整”方针，这里只能提出名字，计有：

1. 农业六十条。

2. 人口及粮食九条（全称为《关于减少城镇人口和压缩城镇粮食销量的九条办法》）。

3. 商业四十条。

4. 手工业三十五条。

5. 科研十四条。

6. 高教六十条。

7. 工业七十条。

8. 文艺八条。

上述各项调整方案，有八种之多（实际这时期还有一些别的调整，并不仅只有这八个方案）。“文艺八条”产生最后，晚于倒数第二的“工业七十条”达七个半月之久，可见其产生之艰难。这也说明，凡一牵涉到意识形态，就是最难说话的问题，要想宽松一点，就比上天还难。

这里只说“文艺八条”，它产生的经过大致如下：

首先是周恩来总理1961年6月19日在北京中央文化部召开的文艺及电影问题座谈会上发表重要讲话，他指出："几年来民主作风不够，束缚人们的思想。"他批评套框子、抓辫子、戴帽子、打棍子的做法，强调要改变领导作风、发扬民主、贯彻"双百"方针。（中共中央文献研究室编：《〈关于建国以来党的若干历史问题的决议〉注释本》，人民出版社1986年版，第314页。）"周恩来的这个讲话，批评了当时文艺工作的'左'的思想，阐明了党的文艺工作方针。"（中央党史研究室编：《中共党史大事年表》，人民出版社1987年版，第313页。）（按：文艺调整也是各项调整工作中最后才能提出来的问题。）这里说周是"阐明了党的方针"，显然是表达了对周总理的尊敬之情。

其次是1961年8月1日"文艺十条"的产生。这个"十条"，是"按照党中央的指示和周恩来的意见"，由中宣部起草的，名为《关于当前文学艺术工作的意见（草案）》，印发各地在内部征求意见。但在实际上各地多已开始予以施行。

最后是1962年4月30日正式的"文艺八条"。中宣部将上述"文艺十条"加以修正，又经过了九个月后，才定稿为"文艺八条"（全称是《关于当前文学艺术工作若干问题的意见（草案）》），经中共中央批准后，由文化部及全国文联党组通知全国内部施行。有的地方则拒不执行，如上海的"好学生"柯庆施和他的代言人张春桥，针锋相对地提出典型的题材决定论的"大写十三年"的指导方针。这个"文艺八条"的主要内容是：（按：几个月后，毛就正式开中央全会，强调阶级斗争

一抓就灵等等）

“进一步贯彻执行‘百花齐放，百家争鸣’的方针。着重针对文艺为政治服务的口号下出现的种种弊病，对这个口号作了新的含义更加宽松广泛的解释，指出：我们的文学艺术不但应该鼓舞人民的革命热情和劳动热情，培养和提高人民的共产主义思想觉悟和道德品质，而且也应该有助于增长人民的知识和智慧，扩大人们的眼界，并且使他们得到正当的艺术享受和健康的娱乐，提高人民的审美能力和欣赏水平，丰富人民的精神生活。凡是能满足以上任何一种要求的作品，都是为工农兵服务，为社会主义服务，也就是为无产阶级的政治服务。把文艺为无产阶级政治服务简单地看成仅仅是宣传当时当地的中心工作，是片面的。文学艺术创作的题材应该丰富多样，作家和艺术家有选择和处理题材的充分自由；应鼓励文学艺术创作上的个人独创性，提倡风格多样化，发展不同的艺术流派。”（《关于建国以来党的若干历史问题的决议》注释本，第315页。）（2010年10月曾按：照这个解释，确实已是对“讲话”作了最宽泛、宽容的解释，今天也还适用。）

其他的七条当然也是重要的，但最重要而又完整的就是上引的第一条。这一条内容丰富，观点鲜明，很难曲解。这一宽松开明的解释，当然是在周恩来的领导下，由陆定一、周扬、林默涵几位同志完成的。谁都可以看出，邓拓的《燕山夜话》就是响应周恩来的号召和诚心诚意地执行“文艺八条”指示，特别是其中第一项指示的优秀成果。谁能指出邓拓的《燕山夜话》（以及《三家村札记》），有哪一篇不是在坚定地执行这个指示呢?

三

下面分两个方面来简单谈谈,邓拓在《燕山夜话》以及同它密不可分的《三家村札记》上的文章。

我觉得,这些文章是由两大部分组成的。第一部分是大量的以传播知识、开拓眼界、启发聪明、讽刺愚骄为主要内容的广义的杂文,实际上是以知识性、艺术性为主,兼有思想性的散文小品著作,即随笔小品文部分,这一部分在当时是间接反“左”的杂文。第二部分即一般习惯上称为鲁迅式的以思想性、批判性为核心的杂文,也即通称杂文的部分。这一部分是直接并深刻地反“左”的杂文。如果离开了反“左”,就根本无法理解邓拓的这些核心文章,从而大大降低邓拓杂文的历史价值。只有能够真正反映时代历史要求的文章,才能成为不朽的文章。要说知识性小品文,邓还是比不过秦牧。知识性小品文与政治性杂文,我以为秦牧与邓拓是两个高峰。

先谈邓的第一部分文章。

邓拓在这个时期之所以有大量的以知识性、艺术性为主的随笔、小品文出现,正是应时代与环境及读者的渴求而产生的,它们是顺乎天而应乎人的无上佳美的作品。邓拓以一个老共产党员、老革命家的身份,对于接连几年几乎天天都在摄氏 40 度以上的政治高温中生活的全国人民来说,献出了那么多清新有趣而又思想积极的散文小品,正是一种多少可以缓和一点紧张局势的缓冲物。在物质那么匮乏,大量非正常死亡人数已经遍及全国，精神上又是处在那么炽烈的“阶级斗争一抓就灵”的火焰山中，全国人民都已经处在阶级斗争“年年讲，月月讲，天天讲”的火炉般的炽烈生活中，再加上在所谓“国际反修”更高十倍的高温下，全国就成了一个可以熔化一切的大高炉了。因此，那几年，全国长时期是处在一种政治上、思想上、文化上、人际关系与日常社会生活上，都是四面出击、全线紧张的炽热状态中。在这种情况下，邓拓的这些文章，无论如何多多少少总算是给加了一点润滑剂，是在年年、月月、天天的酷暑中吹来的一丝丝清风，或者说是在沙漠中偶然遇见的一片片小绿洲。它在客观上所能起的正是这么一点近乎送来清凉的作用。邓拓的“错误”就在这里。而全国的大悲剧也正是在这里：它绝不能容忍任何不是火上加油的理性行为存在。因此，邓拓的那些以广博的知识性为其主要特征的随笔小品文章，就无论从主观或客观上看，都是一批煞费苦心、并在实际上起了这么一点缓和紧张局势作用的清凉剂。这样，《燕山夜话》所做的工作，对党除了有利之外，会有任何不好之处吗？这就是说，邓拓的这类文章，不过是用缓和的方式做了一点“世人皆浊而我独清，众人皆醉而我独醒”，也即在客观上多少能够抵消一点极左危害作用的文章罢了。而且这点作用也只是限于思想上的，至于在行动上，它们是不能起任何消解作用的。要说邓拓的“罪过”，就是他以独特的方式反对了一下极左。邓拓的绝大部分随笔、小品文，大体上均属于是在独特的条件下，以独特的方式来间接和直接反对极左的文章。离开了这一点只去赞美邓拓文章的知识性，这就等于买椟还珠，就完全无法理解邓拓的随笔和杂文的时代特征和它特殊的历史作用：这是一种特殊形式的反极左。

四

邓拓短文中有一部分确是传统意义上的、即以鲁迅杂文为主要代表或典范的那种杂文。也就是说，是以思想性、批判性、战斗性、讽喻性、劝戒性等为主要特征的艺术性的短论文，也就是鲁迅说的尽一点社会批评与文明批评责任的短文。这类文章在邓拓的全部短文中占的比例不大，但却是异常精彩、异常深刻，也最有历史意义、值得永存的好文章。这些文章，我以为可以称得上是解放后特一流的好杂文。但这些文章的根本重要性，是在它的思想性即批判性上，在文字的优美隽永上则是直叙的，作者在这上面没花什么功夫，是有遗憾的。在这方面，它明显地不及鲁迅，也不及聂绀弩。但这部分文章特别重要，值得在这里将其中的一些主要文章简单举例评介一下：

《废弃庸人政治》（此文发表于 1957 年 4 月的《人民日报》，不在《燕山夜话》内）——这大概是邓拓的第一篇杂文（这是 80 年代中期《人民日报》知道内情的同志向我提供的）。这个标题就是十分尖锐而大胆的，这么多年来，可以说是极少再看到这么尖锐而重要的题目了。当然，从杂文艺术角度说，这题目太政治化而缺少艺术感了。这篇文章的观察和议论都是极深刻的，不是富有革命经验、经过千锤百炼的人，是写不出来的。在邓拓看来，种种贪大喜功，一味追求表面好看(实际上多半只能得到相反的结果,什么“面子”也没有了),以及“乱开药方”、“自我陶醉”等等的所谓政治,不管你叫得多么响亮,在邓拓看来,都不过是一种“庸人政治”而已。这真是“石破天惊逗秋雨”式的评论了:他把一切毫无根据专说大话、吹牛皮的超个人英雄主义的作风,一律看作是一种“庸人”行为,一下子就把这种神圣不可侵犯的东西,从天上拉到了地下,而且是在地下很不神圣的地方。这确是一种非凡的、大胆的深刻见解。邓拓竟把无条件的“天王圣明”政治,叫做“庸人政治”,这是同他的修养深厚而又眼光如炬的史学家身份分不开的。在他看来,一切主观主义,不可一世的夸大奇才,其实不过是真正的庸人而已。此种笔墨,能有几个人写得出来!(2010 年按:我估计此文始终未被上面发现,邓拓得以多活八年)

《爱护劳动力的学说》——此文针对性之明显,一望皆知。从“大跃进”“大炼钢铁”“大办民兵师”,直到“全民写诗”,不知道有多少个“大办”,把一个人分成十个人也不够用。到秋收时,农村的劳动力都用到别的“大办”上去了,有些地方,对生死攸关的秋收,却连个“小办”也办不到,让粮食烂在地里!邓拓援引了历史上历代有眼光的政治家主张爱护民力的学说和政见,说明他们都是主张爱惜民力的。一经比较,他对于现实的滥耗民力并专用于破坏之道的批评,就显得格外有力。

《一个鸡蛋的家当》——此文特具幽默和嘲讽力,举重若轻,在邓拓杂文中,依我的愚见,这篇恐怕要算压卷之作了,也是后来人很难赶上的作品。文章引用一个笑话,说有一个妄人,拾了一个鸡蛋,胡想联翩,先是借别人的鸡孵出小鸡,然后辗转生利,又放高利贷,大发其财,遂成巨富,于是手之舞之,足之蹈之,于是"叭嗒"一声,鸡蛋落地,于是万事大吉。邓拓讲完故事后,只轻描淡写地点了两句:"历来只有真正老老实实的劳动者,才懂得劳动产生财富的道理,才能够摒除一切想入非非的发财思想。"这是何等的笔力,真是一字千钧!还有,这有什么比不上《国王的新衣》呢?

《说大话的故事》——性质与上文大略相同,即讽刺空想吹牛。文章在讲述了一些有趣的故事之后,引用了管仲的一句话说:"管子说过:'言不得过其实,实不得过其名。'这就是告诫人们千万不要说大话,不要吹牛,遇事要采取慎重的态度,话要说得少些,事情要做得多些,名声更要小一些。"这些话在当时确是一剂很苦很苦的药,但却是一剂真正能够治疗夸大狂的良药。不过,这些并不是艺术语言,比不上一个鸡蛋的故事。

《伟大的空话》——全文似乎是专门批评一个写诗的人,只会用一些"伟大的空话"来写成了一首所谓的"诗"。人们读了此文后的主要感受,自然会举一反三,对一切"伟大的空话"都是会加以批评与怀疑的。此文在"文革"后的现实意义更强。

《智谋是可靠的吗?》《放下即实地》《专治"健忘症"》——这三篇文章实际紧密相关,写时不一定有什么计划,但它们在客观上确是从几个侧面论述同一个问题,它们之间有着颇为密切的内在联系。下面即对此分别解释几句。“智谋”一文先对这两个字作了科学的解释，邓拓说，“所谓聪明智慧只能来源于实际知识。……如果一个人对于实际情况根本不了解，连一些基础的知识也很缺乏，那么，他就更不可能会有什么了不起的聪明智慧了。”所以，这里的“智”绝不是什么天生的无上聪明（封建时代歌颂帝王为“天纵之圣”，就是这个意思），而首先是对一切客观实际情况的周密理解，对中外历史经验的正确总结等，绝不是指主观的天赋。邓拓的“谋”则是指决策。（2010 年 8 月按：这段话难懂一些。邓的所谓“谋”，是指决策，“智”是指对客观情况的理解和判断）所以，邓拓提出的正确命题或结论，叫做“智是谋之本”。他为此作了一个极其深刻而正确的理论规定，说：“所谓智，便是指人们的聪明智慧；所谓谋，便是指人们对问题的计议和对事情的策划。智是谋之本，有智才有谋，所以智比谋更重要。”可以说，这几句话或这一规定，在超主观主义如火如荼地烧焦了全中国的时候，邓拓敢于登高一呼，发出如此明言谠论，这要多大的见识和勇气，多大的对党、对民族、对人民的忠诚才能办得到啊！不过，这也陈义过深，不大好懂。

《放下即实地》一文十分有趣，特别智慧、幽默而深刻，可称非常杰作。故事说一个盲人过桥，不慎跌落，但双手仍紧抓桥边，并未落下，大呼救命不止。路人告以桥很矮，下面也无水，轻轻放手即可平安落地。但这盲人却不愿轻轻放手，胡挣乱扎，终至坠落受伤。邓在文末云：“我们在工作中，只要了解实际情况，即便偶然失坠，也不会心慌，因为自己完全知道，‘放下即实地’啊！”这就是说，回过头来改正错误，便一切平安无事，不必悬在半空，硬撑到底，下不了台，其结果便是扩大错误，十分危险的。

《专治“健忘症”》，说有种病叫“健忘症”，邓拓一本正经地开列了明代《圣惠方》上两张专治“健忘症”的药方，十分郑重地加以介绍。主要的目的当然不是在做个临时中医，而是在传达其中的寓意，所以邓在介绍完药方后说：“这种人常常表现出自食其言和言而无信，甚至于使人怀疑他是否装疯卖傻，不堪信任。”看来，邓拓在这里已有些激愤，不再那么温柔敦厚了。

《智谋是可靠的吗？》《放下即实地》《专治“健忘症”》三文，确实很杰出，它们告诉了我们一连串的正确思想：一是不要一味自以为是天纵之圣，不顾客观情况，一切都可任意逞能，任意做出一切惊天动地的决定；二是如果事实已证明决定错了，就不要一味硬撑下去，坚持错误到底，甚至不断扩大错误；三是错了要认账，不要一股脑儿地全推给别人（即“健忘症”）。这三篇文章确实非常杰出，人人都应该引以为训，对于担负领导责任的人，更是永远值得作为座右铭来学习的。在那个长时期内，有邓拓这样思想的人不少，但敢于并能够写出来的人就极少了。

《围田的教训》——此文从古代讲起，围湖造田，在中国历史上大多是一种只图眼前小利，终成长远大害的弊政。邓拓对此事甚有研究，他引用明代大科学家尤其是农学家徐光启的《农政全书》，指出徐也主张围湖造田一类措施，邓认为，即使大名鼎鼎如徐光启者，在这个问题上也同样犯了错误。这就是只有深入研究过此事的学者才能作出的深刻判断了，而邓正是这样的专家。因为他还在抗日战争前大学读书时，即已出版过大有名气的《中国救荒史》一书，因此他掌握了大量历史上围湖造田的教训的资料，所以才能作出这么大胆而肯定的、远远超过一些地方领导人和某些主管经济的领导人的正确判断。邓拓写此文时，正是在“大跃进”中大搞“围湖造田”一类盲目的“跃进”之后，这就更加令人钦佩了。今天，这个问题经过“文革”时期的更加乱来之后，就显得越发严重了。“文革”时期，昆明市围滇池造田，简直是愚蠢至极的自杀行为，至今滇池的一切仍大受其害，难以挽救。安徽的枞阳县、霍邱县等处的围湖造田也造成了极大的灾难，为患至今。至于鄱阳湖、洞庭湖、太湖周围的“围湖造田”的祸害之严重，那就是国家的一个长期的严重问题了。这类问题可以举一反三，如环境污染、滥伐森林、胡乱开矿、捕尽小鱼……等等，今天都还在不断地扩大（当然也用了很大的力量去治理），因此，《围田的教训》这篇文章的重要意义，就显得特别巨大，它可能是中国的第一篇环保论文。

《堵塞不如开导》——也是一篇有广泛意义的、特别重要的文章，中国人对此是不必加任何解释，都能够异乎寻常地明白它的用意的。因为他们几十年来差不多就生活在堵塞、有时几乎是要把人堵死的环境中（如“文革”前后的十几年）。

邓拓引用古代治水分别采用“堵塞”与“开导”的不同办法得到完全不同的结果，用以证明堵塞的错误和开导的正确。作者强调指出：“人们对待事物运动的力量也可以采取不同的态度。……一种是堵塞事物运动发展的道路，一种是积极开导使之顺利发展。前者是错误的，注定会失败；后者是正确的，必然会胜利。”文末作者站出来说了一句话：“我们如果从这一传说中，能够领会一些古人的教训，岂不更好吗？”（按：文中“传说”指夏禹治水说）

像上述这类文章，都是强烈地正面直接反对极左的，反对主观主义的，在那个时期是极其难写的。如果不具备邓拓那样丰富的学识、长期的革命斗争经验、政治上的过人胆识与杰出的写作才能，是写不出来的。这些文章都不算长，但政治分量却很重很重，这就是其他人所难以企及的了。它们已成了历史性的保留著作。

尤为可贵的是，在邓拓全部艺术性杂文、小品文创作中，从来没有一字是直接或间接歌颂当时人人都必须歌颂的所谓“三面红旗”的东西。相反，邓拓的杂文、小品文可以说全都是直接间接地批评这些纯主观主义的东西的，其难能可贵在全国是极其罕见的。可见，这个时期邓拓的头脑是清醒的。因此，在一定意义上说，邓拓的杂文就成了那个特殊痛苦时期的艺术史诗。至于所谓“三面红旗”的“总路线、大跃进、人民公社”三事，其中的“总路线”，是“鼓足干劲，力争上游，多快好省地建设社会主义”，其实质也就是“大跃进”三个字。实际上，“大跃进”或者再加个“共产风”便可以概括一切了，邓拓集中批判的，也就是这个东西。这使邓拓成了继庐山会议上彭德怀、张闻天等同志被打倒后，仍然坚持批判极左错误的“大跃进”、“大炼钢铁”、人民公社等错误东西的一个杰出代表人物，尽管他连候补中央委员都不是。但杰出的历史人物，从来都不是以生前社会政治地位的高低来决定的。邓拓文章的长远的、可贵的历史价值就在他无权无势时，能够始终坚持共产党人的道德良心，和以马克思主义的唯物主义为根本出发点，对危害党和人民最猛烈的种种措施批评抵制到底。历史将愈来愈证明邓拓杂文的正确性，因为它们是集中反对了几十年来危害最大的“左”倾错误的。

邓拓义不受辱，他在 1966 年 5 月 18 日凌晨以自杀来反抗民族大耻大难的十年“文化大革命”。五天之后，继之自杀的是 5 月 23 日自缢于毛泽东书库中的田家英；不久之后是老舍自沉于太平湖；之后是吴晗（以及几乎全家）的被迫害惨死；再后，是翦伯赞夫妇的自杀；之后，又是田汉的被迫害惨死，性质都完全相同。我把他们称为“文革六君子”，作为代表而已。在上海则是金仲华、傅雷、李平心、叶以群、孙兰以及在附近不远（浙江奉化）的王任叔（巴人）诸君子的分别自杀，我也把他们称为“六君子”，其性质都是完全一样的，一群闪闪的明星陨落了……。

但是，邓拓并没有死。历史已证明，邓拓是已经成为涅槃了的凤凰。邓拓永生了！他的文章《燕山夜话》等也永生了！

但愿中华民族在遭此大难后，人们真能从此取得生死存亡的教训，使中华民族和中国人民也得到永生。

若果真能如此，那么邓拓诸君子就是“死有重于泰山”了。

（原载《炎黄春秋》1997 年第 4 期）

（2010 年 9 月按：此文是应邓拓夫人多次的命令而写的。）

（又，一位研究中国事情的美国学者浦佳明先生，从大约 2000 年起，曾到我家四次（2011 年还来过），专谈邓拓的思想与这类文章问题，我对这位真诚的美国朋友表示真诚的谢意和敬意。）

平生五记

前　记

我这篇东西,总的可能长一些,不知道看得下去还是看不下去,但它绝无重复他人之处。

在我一生经过的一些大事中,我的处理原则是:一切按具体情况处理。明知其错的我绝不干。为此要付出多大代价,我无条件的承担就是。世界上很多事情,常常都会有例外的,唯独有一件事情,我以为绝不能有例外,那就是:良心。

下面谈的是五件事:

一、土改记异

二、打虎记零

三、镇反记慎

四、肃反记无

五、四清记实

我写此文,有一个微小的希望,即:对任何人的生命和声誉,均应该予以无比尊重,这是人与非人的界限,千万不要去做相反的事,或颂扬相反的东西。(“反右记幸”因较长,另独立成文)

一　土改记异

概　况

大概是1952年2月中旬，我在广东工作的时候，由于土地改革的命令急如星火，虽然在此地还相当不具备土地改革的条件，主要是领导土地改革的一个条件，即领导土改的庞大的干部队伍还不存在的缘故，大家都不知道什么叫“土地改革”的时候，上面急如星火的道道命令下来，即刻就要全面土改。我被命令带领一支庞大的土改队伍，开赴当时属于广东肇庆地区山区一个穷县云浮县（依当时的情况看来，似乎像个极穷县）去做全面的土地改革，这算先行县。这个队伍大概二三百人，是以广东省的文化干部队伍为主，其次是华南革大的一批工作人员，再次是一批岭南大学（原属教会大学，但成绩相当有名）的毕业而未分配工作的学生。总人数恐有二三百名。我当时是一个南下干部，虽然1947—1948年在山西、河北、山东参加过三个省一年半的土改，心里还是很慌；其余的人均未参加过土改，我觉得这次下去难办得很。但所幸临时增派华南革大的一个部主任老王同志是一个北方的老根据地的干部。我自知经验不能同他比，靠他了。幸运的是，云浮县委赵书记是南下干部，抗日战争与解放战争期间，有在山东与东北的地方工作与土地改革的长期经验。因此，事情就好办多了。而且，我看得出来，赵书记是主张求稳、反对大乱特乱、反对反复翻烧饼（东北叫“煮夹生饭”）的。因此，从根本上我们三人就有共同语言了。

我们这个队伍中，有些大名人，如画家关山月、作家陈残云、韩伯屏、杜埃等，倒也显得队伍壮大。

从根本上改变冷冷清清的工作方式

当时是必须严格按照中央尤其是武汉中共中央中南局、特别是（代）第一书记邓子恢的规定办事的，即：土改工作队进村后，必须绝对地、长时间地“访贫问苦，扎根串联”，建立或重建阶级队伍之后，才能谈得上进入斗争，如反霸、斗争地主等阶段；之后是分田阶段；再之后是建党建政、动员参军等阶段。再之后，又是另派工作队来搞“复查”等等；一个否定一个，一个说前一个“右倾”。已形成宪法，半点不能移动。

开始我即不赞成这一套，因为我在山西、河北、山东进行过土改近一年半，知道怎能照这个模式进行？照此办理，一场土改前后要拖两三年，工作队动不动就要换三几次。翻烧饼、煮夹生饭，一次一套，统统反右，从不反“左”，不把农村搞得稀烂才怪。但那一套在当时是最高主持土改的人十分坚持肯定的，因此，我们几百人下村后，也不得不照此办理：工作组进村后，照样是冷冷清清，找鳏寡孤独扎根串联，行动偷偷摸摸，怕地主富农狗腿子看见，群众则久久也不知这些工作组是来干什么的。如此搞了近两个月后，冷冷清清，工作没有什么进展。我感到如此“访贫问苦，扎根串联”下去，半年之内群众也发动不起来，我们反而变成是做地下工作了。

如此下去，又要把一村土改三年完成了。于是，我在县里同县委赵书记、副领队王某某同志协商，我提出，将在外，君命有所不受，从根本上改变工作方式，大张旗鼓，大范围接近群众，震慑极少数可能的坏人和土改的反对者，以减少弱小穷人怕报复的顾虑。我提出大村的工作组内应设一“小公安局长”，他的任务就是一天到晚上门去找我们怀疑为坏人、狗腿子、顽固土改对象的人谈话，要使他们紧张、心慌，转而老老实实，停止地下活动。现在是我们每访一家贫下中农，都要回头看看有没有“狗腿子”跟着。一句话，我们必须变守势为攻势，即从根本上变被动为主动，变被坏人监视改为我们监视他们，变秘密工作为公开工作。必须全面改变局面：现在我们不是做“地下工作”，而是做“地上工作”；不是“守势”，而是“攻势”；不是做“敌强我弱”的，而是做“我强敌弱”的工作，总之，原则上，工作方式要完全颠倒过来，一切都要变被动为主动，变秘密为公开，变防守为进攻。

在县城里的三个主要领导意见完全一致。说得不客气一点，这三个人都是北方老土改，过去只能服从，现在能够根据具体情况自己做主了，就改行适合于本地情况的做法。于是，我们把分散在两个区里的几个党员老同志陈残云、杜埃、李门等请回来开了一天会，大家都同意彻底改变工作方式，再不能如此冷冷清清下去了。作为县委和工作队的共同决定，把绝大部分的工作队员找回县城开会一天，我在下午作一总结报告（约一小时），随即讨论，无异议，第二天早饭后全部回村。

以上是一件异常的事，下面还有一件更为异常的事。

贫农家中有小老婆、丫头的问题

在云浮工作个把月后,就了解到以下几个很难解决的情况。一是一些中农甚至贫农家中有小老婆,甚至丫头,而且不是很个别的,甚至多数的村庄都发现有此事。二是云浮县北面是面靠西江,船运繁忙。三是云浮境内几全属山区,解放前是个很穷的县。因此,云浮北部靠近西江江面的一些山村,有的就是兼以抢劫往来船只为重要收入来源之一。

我们在县里的三个人(白天搭"单车"(自行车)到城周三十来里的村庄去了解情况),就讨论这些问题。先是弄清情况。这些"小老婆"与"丫头"是怎么来的。据说来源已有十多年了,抗战时期,湖南南部(也有江西南部的)各县在遭遇特大水旱灾荒时,就有一些少妇、少女逃荒到此地来,当时被某些农家收养,活了一命。有的没有回去,就被收养户慢慢作为小老婆或丫头了。这些人因生活有着,也就并不要求回乡了。我们的土改工作队下乡后,也未了解到她们有回乡的要求。于是,县里的三个人就同陈残云、杜埃、李门几位队委商量如何办。事先在县里商量时,县委赵书记、工作队副领队王某某同志,倾向是看得出:不告不理。——把她们解放了,何处可以收容她们?我早是这个意见:恐怕只能不告不理,解放了谁管饭?政府财政支出没有这一项,这同收养孤儿不一样。扩大讨论后,一个上午也定不了。下午,我不得不说了:解放奴隶,但我们现在办不到,现在似乎已发现十几个了,将来云浮全县会有多少人,少说一点,一二百人吧,上午宣布解放了,中午谁给她们开饭？后来达成一致意见：不告不理。因新政权没有安置她们新生活的力量。我说，这事太特殊了，我代表大家到肇庆地委请示后才能解决，我们不好轻举妄动的。

群众性的抢劫问题

另一件大事：云浮县北境处于西江之南，西江水深流缓，是广东境内的第一条大江，水运十分发达。而云浮县北境为山区，非常贫困。因此，沿岸一些村庄多有集体抢劫来往船只之事。一般是两三条小划子带上各种武器，把客货船强行押运到南岸江边，做集体性抢劫，有的妇女、小孩也参加了。只限抢钱抢物，一般不伤人杀人。这是集体性行动，我在河北、山东两省土改时也听说过这种现象。有的村冬天农闲时，就有人三五成群地外出几百里抢劫，不杀人，留路费，被劫者保存了性命，谁也不去告官，这些人还大力保护本村。因此，他们的行动也就是半公开的。我说，这种现象怕全国都有，官方怕惹麻烦，素来不理。讨论来讨论去，也是一般不清理旧案，有命案者要清查，无命案者工作队公开讲明此事，要有关者在小会上做些检讨，特别注意发动妇女去劝导丈夫、儿子检讨。所谓"检讨"也是点到为止，不要求深刻。太具体了，太深刻了，就牵涉犯罪问题，我们的临时县人民法庭庭长关山月就要到处去开庭了。

以上问题，我说事关重大，要到肇庆地委请示才能决定。我去了，向地委书记梁嘉报告情况，请示我们草拟的办法能否施行。梁嘉同志很客气，说：老曾同志，你说的这些情况我们早就知道了，打游击时就知道了，这是解放前留下的老问题，我们不敢提出解决办法，怕说我们右倾、地方主义，你这一来好了，除了照你们的办，还有什么更好的办法？我们还商定，不再请示陶铸了（中共中央华南分局第四书记，实际的负责人，因第一、第二、第三书记均已不在广州）。这对他们也是个大难题，将来如果说是错了我们顶着不要紧，反正我们是小干部无关重要，一扯上陶铸，就是路线问题了。

就是这样，我们在梁嘉同志批准之下，自行解决了一些这一类奇奇怪怪的问题。

这些都定出了大致方针以后，我们就决定召开一次土改队员大会，四分之三以上的队员都进城来了，针对以上诸问题，由我作了一次报告。

此后不久，忽接肇庆地委通知，分局来电，要我立即回广州。我只得照办，我在云浮的工作只能由副领队王同志代理了。

二　打虎记零

1952年4月底5月初，我带着一个很大的土改工作团在广东云浮县做土地改革工作，正进入一个由地下串联转变为大张旗鼓的工作方法的关键时期，忽接叫我即回广州的命令。当时我的工作单位是南方日报社（社长）。我匆匆赶回一问，说是本单位进行了一段时间的“三反”（反贪污、反浪费、反官僚主义），其中“打虎运动”，即反贪污运动，已经打出了一群大中小老虎，关在“老虎洞”里了，副社长杨奇同志已经被打成“大老虎”。我问是怎么回事？单位的秘书兼党支部书记张敏年（广东人，抗日战争初期到华北参加根据地抗日工作的）说：我们一点都不知道，是分局（指中共中央华南分局）副秘书长××同志带着一个工作队来打的，现在关在那里，所以上面要你回来处理。我先去看了一下“老虎洞”，在一间大房间门口看了一下，杨奇等七八位同志在其中。我应该也可以进去看望他们一下，并讲几句请他们不必担心一切都会按照事实处理的话。但是我没有，至今我还为此事感到十分可耻。因为我当时如果进去看看他们，是完全不会产生任何麻烦的。因为我没有被怀疑的可能。但是我没有进去，所以我至今感觉得很可耻。之后，我就上楼去见打虎队长××同志。他是老前辈兼老熟人了，他说把这群老虎交给你了，我立刻就走。我也没有留他，我不能不立刻就接管这个问题，他留下来反不好办。下午与张敏年商议，现在天天还要工作，稳定军心最重要。我们决定晚上九时召开党员大会。我建议请杨奇同志出席。杨来了。会议的唯一议程是叫我发言、表态。我站起来好几分钟,终于落泪了,我说了大约一分钟,我说“打老虎”的事情完全决定于是否有可靠的证据,今天大家都要我表个态,我就表这个态,余无别事。结果无人发表意见,散会。这个会至多开了十来分钟。

后来,我也未怎么抓这件事情,因为这是硬逼、硬打出来的,根本上没有什么材料,或者找些事情来附会上去罢了。比这更严重的事我都体验过,所以我能判断这些全是假的。我一看这些“老虎”,吓了一跳。他们怎么可能会在进城之后就立刻变成贪污分子呢?这些人,有些不是比我参加革命还早吗?他们中有哪一个不是经历过多年苦斗,不惜牺牲生命来干革命的呢?有些人还经历过几年艰苦危险的游击战争锻炼的,怎么进城几天就变成贪污分子呢?我想我自己没有在进城后想要过一分钱,他们与我有同一个目标,走同一条道路,解放后做同样的工作,过同样个人供给制的生活,我没有想到去贪污,他们怎么就会成群结队地去贪污呢?一群冒着贫困、流亡、被捕、死亡的危险而干了几年、十多年的革命,总算保住了生命的中青年们,怎么会一下子就变成贪污分子了呢?我从根本上不相信会有此等事情。因为,这同说我也是“老虎”其实是没有什么区别的事情。我了解到华南革命大学副校长罗明也已被打成“大老虎”了。同杨奇一样,均在《南方日报》头版头条大黑字体公布了的。罗明是谁?就是土地革命时期的福建省委书记,他提出在边界地区宜施行一些相对和缓一点的政策，于是，他被批为右倾机会主义的“罗明路线”。罗明是提出相对正确政策的人物，是被极左错误坚持者批判的相对正确一些的上层人物的代表。延安整风已经解决了这个问题，即罗明是比较正确方面的代表。

就这样，几个月过去了。后来，为罗明、杨奇两位同志“从轻处理”“宽大处理”开了几千人的大会。那时没有“平反”一说，如果确属无罪时，也是“宽大处理”。这就是说，本来你还是有罪的，来个“宽大处理”就无罪了。

罗明、杨奇同志半正式地平反后，报纸也照样在头版头条黑体通栏登出他们平反的事情了——不过未用“平反”二字。

如果我回广州说了一句“打虎”的话，我今天就不敢写这个回忆了，因为同事中有相当多人比我年轻，他们会记得的。

三　镇反记慎

1950年初，即全国解放的一年多（有些地方才几个月，如广东、四川、云南等地）后，在全国发动了一场大张旗鼓的镇压反革命运动。在全国最大的一些大城市，如北京、上海等大城市中，恐怕整整有近一年或一年多，是最中心的工作。天天要向北京报告镇压人数（“镇压”，长期以来的死刑代名词）。这个运动为什么叫“大张旗鼓”呢？就是这是一切工作中心的中心，随便你在火车站、菜市场、电影院、医院、公园中，都可以看到贴满大标语，牵起大红布的口号，只要有人居住的地方，就必须是满墙满壁的大标语口号。报纸更是几个版面都是“镇反”宣传品，前后总要宣传好几个月。各大学（以至中学）、工会、青年团、妇联、特别是各街道居民委员会……更是长时间学文件、读报纸、开控诉会……总之，凡是进行这项任务的，党、政、军、民、学，全民各界，都要事先宣传到，同时充分揭露到、控诉到，确是成了一个时期大中城市压倒一切的中心工作。那一两年，对这件事是：公安管实行；党、政、军、民、学、宣则长时间管宣传活动。

广州是1949年10月初旬后解放的，敌人前几天就全部跑光了，我大军是在敌军全部撤退后昼夜兼程赶进广州城的。

北京是1949年1月解放的，上海是1949年5月解放的，南京比上海更早一些。以地下工作来说，广州虽然也很可观，但比起北京、上海来，恐怕还是要差一截。因此，广州的广大市民，对共产党、解放军的了解程度，比起上述城市来当然也就有相当的距离。何况地邻港澳，反动派利用港澳为基地而作的反共宣传的影响，当然在全国也是最深的。

上面这些说明，似乎全是废话。其实这些是说明本节问题的根本背景资料，不然你就无法理解本节所述问题的重要性。

1951 年快 4 月底时，我在广州《南方日报》工作，我和杨奇分任正副社长，另一总编辑似新来不久。近 4 月底，一天晚上九时后，各有关同志如采访部主任曾艾荻、编报部主任吴楚、编辑部秘书陈鲁直等六七人正在商议决定次日四个版面如何安排时，采访部政法组组长成幼殊（女，地下党员），忽然紧急拿来政法组记者刚从省公安厅紧急拿回的明天要处决一百四十多人的名单，和每个人两三行的罪状。我说，坏了，坏了，我们事先没听说半个字呀，怎么能配合宣传呢?！大家通通变色了。因为大家都看了近一年的京沪各地报纸，知道大镇反一来，报纸是必须同时推出四个版面甚至是加页，集中持续宣传此事的。而我们则刚刚拿到罪状名单，明天如何见报？我们没有社论、没有事先写好的大量控诉资料，没有社会名流支持的谈话，没有受害者对死刑犯的控诉，任何宣传资料都没有，连个社论也写不出。何况一次处决一百四十多人，历史空前，新区群众如何能体会这些?！我们报社乱成一锅粥，都认为明天绝不能这样出报呀，怎么办呢？中央的方针明确得很，是强调大张旗鼓，即大规模的宣传活动，要让群众家喻户晓这些人的罪恶。

同时,我们看见,这当中确有一些曾是杀害我们重要著名人物(现已记不清了)及1927年时杀害苏驻广州总领事的执行连长。其中还有一个解放前的省教育厅厅长×××,经记者了解,是解放广州后又从香港公开回来的,这人要处决究竟是怎么回事?

此外,我早在延安或进北京前在西柏坡时,就听说过或听过报告,一些重要的民主人士(记得好像有沈钧儒、黄炎培)对我们善意地提过意见,说,你们镇反时,总是“公审”,罪名总是“一贯反动,罪大恶极”之类,这怎么行啊!(说不定是1949年3月进北京后才听说的)

我们这个“编前会议”,苦了两个小时,连十一时的夜餐也端进来了,只是没有人吃得下一口。大家毫无办法,我们有什么发言权呢?我们的义务就是照登不误,标题越大越好。

如此苦恼了两个小时,毫无办法,你望着我,我望着你。忽然,副社长杨奇同志说:“现在只有唯一的一条路,就是由老曾同志打电话给‘203’了”。这是什么意思呢?广东初解放时,叶剑英同志的代号是“203”。半夜三更我又怎么可以干这种事呢?原来当时有这么个规定,报社的主要负责人在万不得已时,可以在后半夜打电话给党委主要负责人。因为第二天出不了报,对党委主要负责人来说也是个麻烦事。大家又议论了半个小时,都说,只有这一个办法了。我说,规定是规定了,谁敢实行?又议论了很久,我说,万一是“203”看过的呢,这个钉子可碰的大了。再议论很久,这回主要是分析叶帅知不知道此事,看过这罪状没有?我说,分局每周一次扩大会，我参加的，但上一两次没提起过这件事情，从这点看，“203”可能不知道。再说这个罪状，“203”长期在蒋区做上层交往工作，论道理他是不会接受按这些罪名去处决人的，这种处决罪名还是土地革命时期的老做法，连我们都接受不了，他会同意吗？这样分析来分析去，杨奇特别同意后一说法，这种罪名“203”不会同意，他说，恐怕只有与“203”打电话一条路了。我横下一条心，大着胆子就打了，时近午夜 12 点，打给他的身边秘书。秘书那儿倒也顺利，说他先去报。约十分钟后，“203”本人来了，“203”先说：“你是曾××吗？这事你有意见吗？这可是毛主席定的政策啊，你有什么意见！”我说，“不是，是具体情况太奇怪了”。我只能简陈几分钟。叶帅又反复问，我说，“真是这样的，……所以我要报告。”叶帅回答说，“好，你在一点钟前赶到小岛。”东山小岛小区是中共中央华南分局与叶帅的住地。我立即出发。见省府常务副主席古大存、华南分局另一个宣传部副部长李凡夫已先到，另有分局办公厅主任林西、叶帅的主要秘书姚天纵已在座，第三书记方方出差了。我到后不久，叶帅也下楼来了。不久，省府××厅长（华南分局社会部长兼），华南分局社会部一处长××同时也很生气地来了。那个处长把身背的两个麻布口袋的材料往地下重重一丢，二人均有怒色。坐下，叶开场几句，即叫我发言。我讲完，对方也讲情况，说今晚分局社会部、省公安厅、市公安局等均连夜办公，参加这一具体行动的（包括沿途及周围警戒的）有一千多人，一切均已准备完毕，准备明天，不，今天九点执行。我一声不吭，知道对方名声很大，在江西时代就是做此事的。叶帅再叫我讲，说“报馆”有点意见（这些老前辈用词多是老习惯，把我们叫“报馆”），听他们也讲一讲。我就大致讲了上述意见。李凡夫也发言支持我，说，我们宣传工作全不能配合，也是违反中央指示的呀！对方反复讲准备了两三个月，今晚一千多人连夜办公，不大好办了。跟着古老（古大存，省府常务副主席、华南游击运动老负责人，延安整风时中央党校一部主任）也表示，他也不知道此事，只有一个空洞罪名的东西，“一贯反动，民愤极大”，怎么行呢？对方反复坚持，一切已完全准备好，要改变影响也不好。叶帅很沉着。他说，这么大的行动，分局事先不知道。对方立刻反驳说：“分局开会讨论过”。叶说，“那是原则性的，决定坚决执行中央的指示，报馆也参加了，知道的人很多，那是个内部动员会，不是行动指令。”对方再三强调他们只是在执行中央与分局的指示。叶帅回答有点刺激了：“要不是报馆通知我，这么大的事情我也要明天看报才知道呀！”古老说，我也是，用省法院的名义，我根本不知道。对方又说，“大张旗鼓”，我们没有那么多宣传干部呀（按：那时，“笔杆子”这一词还未出现。）。接着，李凡夫立即回应：这事是全党动员呀，我们还会找不到宣传干部吗？总之，说来说去，对方并未让步，坚持明天执行已难于更改。这时，叶帅不得不把最后的重话讲出来了，说：“我们要记住中央苏区的教训呢，这刀把子究竟是掌握在党委手里，还是掌握在保卫部门手里，这是有很深的血的教训呀！”我一听这话，就知道叶帅已下了最后的决心。对方当然更知道，叶帅已讲了最后一句话了。立即很不满地说，我通知明天停止执行！于是就离座到厅内边上打了一个电话:明天停止执行！等一会又说,“是,全部停止执行,原因等我回来再说。”之后我说我也要打个电话,报馆也是一百多人在等着我回话呢。那里只有一部电话机,我也只能在那里打。

之后,就由叶帅指定林西、李凡夫同志草拟内部开动员大会与组织宣传队伍,遵中央规定,要做到家喻户晓,每个居民小组都要开宣讲会、声讨会。

重新整理罪状事,叶帅说,这事是报馆提出来的,就由报馆抽人去重新研究和起草草稿(指布告)吧！我说,我两天后就要带领华南代表团去京参加全国宣传工作第一次会议,会上就决定先由报社副社长杨奇带领一个队伍到公安厅去帮助他们整理材料。

我可能是1951年4月26或27日离开广州去北京开会的。两个星期会完后,我们队伍应上海市委宣传部之邀,往上海走一趟,因为我们中有人未离开过广东、海南岛,所以很想多走几个地方看看。5月底了,我回到广州,已执行了。具体情形我就无权再过问了。但为什么又拖这么久？杨奇说,我们几人是到监狱办公室去工作的,材料乱得很,很难整理出一个个人的明显事迹来,所以拖了个把月。我说,还用“一贯反动,罪大恶极,不杀不足以平民愤”吗？杨说,这个取消了。

又过了几十年,大概是二十世纪末,陈鲁直、成幼殊夫妇作为外交部的离休干部与我同住方庄,我因行动不便,闭门不出,他们来看我。我详细问过成幼殊两次,成说,是乱,是杂,材料不具体,我们开始去四个人,在监狱办公室办公,有两个新党员，不起什么作用，不久，就是我跟杨奇两个人了。我问，人数有什么大变动没有，她说，没有大变化，重新摸了材料，把空洞的"一贯反动"的一类词改为一些具体罪行。但应如何具体处理，我们就无权过问了。报纸当然准备了很久，算是大张旗鼓地做了一些宣传了。

四　肃反记无

我于1954年从华南调到北京，到人民出版社工作，任副社长兼副总编辑。原已有王子野任此职，王博学多才，为人谦厚。加上我，大概是加强一点力量的意思。我到时正好遇到中央（好像是以中央书记处的名义）单为人民出版社工作发了一个指示，我印象中这指示中已有后来"百花齐放，百家争鸣"的精神了。所以1954年后的三年半时间，我们的工作是比较开放的。那时商务印书馆、中华书局等都还未重新启动，人民出版社还用三联、世界知识出版社招牌出书，垄断了。我去人社一看，真是将星云集，张明养、谢和赓、史枚、冯宾符、陈原诸先辈，以及黄季芳、戴文葆、王以铸、彭世桢诸学者型的编辑，哪个不比我高明十倍。

我去以后，略有自知之明，对上述诸先进大体上均以师事之，而且是出之至诚。因此，我同诸先进均相处甚好。但我基础太差，所学极有限，实在惭愧。

1954年，我们是执行中央指示，开拓局面。那年是批判胡适年，全国批胡文章如雪片飞来，我们奉命以"三联"名义接连出了八厚本《胡适批判选集》，由史枚前辈主其事，由我签发。我问史看过没有？史说："哪楞奈？"（上海方言，哪能够呢？）胡适后来说他看过大陆的批胡文章，但未谈及八大本，估计他不一定看到过。

胡适的威望大体上是越批越高，因为过去不知道胡适为何人的人,现在也都知道了。胡适对什么学术主张,均只强调一个原则,叫做:拿证据来!这胡适还未批完,早已转为更为尖锐百倍的反胡风了。胡风一事,使上面大吃一惊:原来我们内部还藏有这么多国民党特务啊!因此,立刻又同时在全国内部开展了一个不加宣传的"肃反运动"。即是在全国每个机关单位的人员,都要开展一次全面摸底的内部"肃反"工作,要过滤一下本单位的全部人马,看看有多少潜伏的反革命,并由上级指定在单位内部成立一个不公开的"五人领导小组",简称"五人小组",专门领导此项工作。

从此以后,这个五人小组就成为本单位一切工作的最高权力机构了。上面指定曾彦修、王子野、陈原、谭吐、周保昌五人为人社五人小组成员,曾为小组长。我打了几次电话与出版局局长金灿然,请以王子野为组长,请以范用代陈原,因陈入党不久。金答应转陈意见,并很同意我的意见。我反复问结果如何。金答上级尚无答复。我坚持再陈我的意见。过了两三天,金电话来了,说:"老曾,你怎么还是这么书呆子,上级答复说,不变了。你也不要再提意见了,为什么,你自己想想吧。"

五人小组中的王子野、曾彦修、谭吐各包审查几个人,陈原与周保昌未包什么人,因为周保昌日常行政事务太忙,陈原同志则是一个学者型的人,而又刚入党不久,对这些事就不去为难他了。这个五人小组的正式名称是什么我始终不知道。在中央叫"十人小组",正组长是陆定一,副组长反倒是罗瑞卿等九人,因为这是从反胡风弄出来的,就以陆为组长了。

在人民出版社，被人事科提出来要查清有历史问题的，有多少人？我现已记不清楚了。但要说总的结果，我倒记得清清楚楚：撤销了对怀疑对象的怀疑；没有增加一个怀疑对象；弄清了全部怀疑对象（即没有增加或加重对他们的怀疑），对他们更放心了。提出一个在外单位被开除党籍的人是处理错误的，应予恢复（钟远藩同志）；最重要的是明确弄清了一个重要人物没有任何政治问题，更不要说什么“国特”之类的事了——这就是鼎鼎大名的戴文葆。对这个全国知名的出版界十分优秀难得的人物，关心他的人比较多，但相对能说清楚他的事情的，全国至今确只有我一个人。因此，此文对此事要多说一些。

戴文葆，苏北阜宁人。毕业于家乡的阜宁中学。1945 年作为流亡学生毕业于重庆的复旦大学。1951 或 1952 年由上海至京，由解放前上海地下工作时期的好友、老党员范用介绍入北京的人民出版社工作。因能力突出，较快地升为人民社内的“三联”编辑室副主任（主任是邹韬奋先生上世纪二十年代末编生活周刊时的助手史枚老前辈）。在北京出版界、新闻界声誉甚高。

大约在 1954 年冬或 1955 年春，一天，王子野同志忽然告诉我说，昨天在什么会议上，陆定一同志把我叫起来问，说：“王子野，你们那里有个国民党特务，叫什么……《大公报》来的，你们怎么置之不理？”王起立解释说，“有此风传，我们在认真审查他，现在还没有什么证据。”1955 年反胡风运动高潮将过之时，一次，我参加中宣部召开的干部会（实即后来常称的吹风会），陆定一同志又把我叫起来，问同一个问题，我也是照王一样的回答了。之后一个时期，文化部副部长陈克寒又到人民出版社来检查内部“肃反”工作的进度，陈说：你们这里放着一个“死老虎”，为什么你们一动不动？我说指戴文葆吧？陈说当然是。我说，我们哪敢不加紧审查，不过现在可说还什么结论也谈不到，而且对他的这个怀疑本身也不知道是怎么来的，忽然就起来了，但是，这么大的问题没有确证是不能提出的。这次陈也没有多说什么，因为他也是耳闻而已。

对此事，我已经找戴谈过三次了，一次约二小时，纯属他的详细自述，有时我插问一下。此外，对此风的来源，我们也大概知道了。

此事根本上只能是由于××的催促。大约1954年的冬天，中宣部调进了几个名人，我知道的是人民出版社副总编冯宾符、《人民日报》的副总编杨刚、《光明日报》的副总编邵宗汉等四五个人到中宣部，似乎是以独立的国际问题专家身份供咨询。戴文葆读中学后在家乡苏北阜宁县的县政府工作过，此事在北京只有原《大公报》的李纯青、杨刚两个老党员知道，因为解放初期戴文葆在上海《大公报》时向他们报告过。这是我在与戴文葆作三次详谈中知道的。而杨与李是对立的，戴文葆则受到李纯青的器重。这些都是上海解放前的一年多在《大公报》内部的事。戴告诉我：杨认为李纯青太保守、右倾。杨、李解放前即在《大公报》工作，均是地下党重要人物。

当时我们单位的审查对象十几人，由五人小组的曾彦修、王子野、谭吐等三人分别担任初审，另两个成员陈原入党不久，不善于此等事；秘书长周保昌则一社当家，日常事多，就未专门分担任务了。戴文葆是分在曾的名下。

我为什么1954年三四月一进人社后不久，就第一个认识并特别尊敬戴文葆呢？原因是很简单的。我看了他两回审稿意见，令我非常吃惊和钦佩。意见长长的，有学术根据，措辞谦逊，文词简洁扼要，全部基本楷书，如有错字，不是划掉另写，而是另写一字或数字贴在上面，像考进士一样认真。我大惊：虽觉得近于迂，但觉一个人做事认真负责到如此地步，实在令人折服。我想，1945年一个当时并非一流大学的毕业生，一下能进入《大公报》，要不是在哪一项工作中有超人的良好表现，并被那个决定性的考官（时张季鸾已去世，我估计是王芸生）特别看重了，是不可能进去的。我无学识，但很佩服有学问的人。因此，此后我实际上是以师事戴的。

我和戴的几次细谈中，得知戴的一生及对他提出怀疑的关键原因了。

戴，江苏北部阜宁县人。于抗日战争开始两三年后在本县中学毕业。当时，广大苏北地区除徐州等少数战略要地为日军侵占外，绝大部分地区敌寇还未去过，新四军也还未在苏北活动，广大地区仍旧是战前国民党治下江苏省政府的老政权。因此，广大苏北县份毕业的中学生，如不能到外地升学，就只有在本地找个饭碗或回家赋闲。其时，原国民党的江苏省政府已迁至苏北。这个政府当然也要成立各地政权，开办青年训练班之类。戴也进了一个训练班（按：当时，除极少数革命青年奔赴延安入抗大、陕北公学、鲁迅艺术文学院等之外，国民党区的中学生毕业后极少数能升学，少数能在社会上找个饭碗，其余绝大部分均只能回家赋闲。戴于中学毕业后不久，即经地方人士介绍或考入阜宁县政府（国民政府下面的一类叫做“情报室”之类的单位任小职员）。这时期，新四军还未到阜宁，敌人也还未到此，因此，这个机构并无工作对象。唯一的事情，就是在县城及周边市镇找题目做文章，敲诈老百姓。戴是爱国小青年，又想升学，便极其苦闷。在那单位待了一个时期之后，大约是1941年春，就偷偷地在一个晚上，一个人雇了一只小船，不告而别，乘船辗转到了南通江边一带，又转至上海，然后经浙西、江西、湖南等地到了重庆，并于1941年夏考入复旦大学的政治系。当时的国民政府在江浙几省的几条大路上均设有沦陷区青年招待所之类，沿途可以免费食宿，他们在这几年做这些事情都是对的。到重庆后，凡属于沦陷区青年，均无条件享有“助学贷金”待遇，可以全年以“贷金”方式取得很低的生活费用与读书费用。1945年夏毕业后不久，戴即进入《大公报》工作。当时学文史哲的青年大学生哪个不想进入《大公报》，但是有几个能进去？《大公报》这一关，确是人才关，他们唯才是用，前有范长江、萧乾为例证。

戴一直在《大公报》工作，直到解放军进入上海。大致是1951年，国家发了命令，有五种人要往当地公安局登记。戴以为自己在阜宁县政府“情报科”之类的地方待过，便自动到上海某区公安局去登记。公安局问明情况后，说，你这不在登记范围之内,回去向单位交代吧。戴回来自然照办。于是《大公报》中的两个老党员李纯青、杨刚都知道了。人民出版社成立不久,戴觉得在《大公报》受歧视,便到京经由范用介绍,转来人民出版社工作了(解放初期一两年还有个别这样的事)。

以上的情况,是我在1956年以五人小组身份找戴来详谈了两三次才知道的,一次基本上一个上午。我即劝他,不要紧张,我们会详细调查,绝不会乱来的。对他提出的疑问,只有详细调查之后,才能作出估计或结论。我们决定派人到阜宁县去做认真调查。派去的,是人事科副科长李西克。他去阜宁仔细了解了一回,很认真,钻的地方也不少,但是,均不知道戴文葆是谁,没有得到多少结果。但我觉得他未问县公安局是一疏漏。我说,对过去敌伪及国民党时期的公安情报特务部门,最关心的是县公安局,对历史情况,他们是要尽可能了解的,所以还要烦你再去一趟,如县政协老人、老进步教师、地方进步人士、公安局等,再去了解一下,不限于组织部、县法院等。于是李又二次去阜宁,二三周后,带回了我们意想不到的真凭实据,说明戴不但没有问题,而且认识很清楚,是冒险逃出阜宁的。李在反复调查中,公安局一同志说,我们这里有一大堆书面资料,怎么传下来的已不清楚了,摆在那里我们也未用过,你翻翻看,有什么可以参考的线索。哪知李西克一一翻阅,忽然翻阅出一封厚厚的家信,是戴文葆致其哥哥的一封两人未见面的告别长信,是戴年轻时的笔迹。县公安局同意将此信抄件带回北京,说,有事,以后密切联系。我们五人迅速传看完毕，立即讨论。原来，这是一封戴文葆在1940年冬或1941年春致其兄的一封长信，至于怎么会到公安局手里，公安局已说不清了。信中戴对其兄长大诉其内心的苦闷，说县府"情报科"（具体是否这个名字，我不敢肯定，是挂招牌的）这批人不干好事，只会到处敲诈老百姓，他绝不在这里干了。他要逃到西南地区去读书或找生活，决心离开阜宁，并雇一小船，晚上出发，以免被人发现，到长江边，再设法到后方去。不能见面了，请哥哥原谅等。看内容是家事多，县情报科的事是杂在其中的。戴怨恨他们敲诈老百姓的事，也怕自己被他们残害，急于想逃走。这封信一看，太明白了，是戴本人不告而别、冒险离开一个县政府内的情报科之类的部门，历经艰辛一步步走到大后方去读书。看后大家都说没有什么事情了。我说，既然已经清清楚楚了，在结论上就不要写上什么"历史问题"之类了，这只是一段经历；如写上"一般历史问题"，总是个"问题"，会给以后留下麻烦。此点大家也同意了。我想，戴文葆的历史档案中，他给哥哥的这封长信，以及我起草的结论，应该均还在，不会查无实据的。

1955年至1957年春，人民出版社内部肃反中（即未公开动员，未号召检举自首等）最突出的一个成绩，就是在强烈压力下，我们仍然十分肯定地为一个出版界的杰出人物——戴文葆做出了完全没有政治历史问题的非常肯定的结论。

此外，还有一件事值得记一下。上世纪末和本世纪初，广州暨南大学新闻系（？）主任钟远藩夫妇，曾两度到北京丰台区方庄我的住宅来看我，推不掉，我说我去看他也不行。钟比我大几岁,我实在很难为情。原来他有一事要来告诉我。来后,他激动地说“文革”时期,我因你而被斗得特别厉害,但是我一定要来感谢你。我说,老大哥,在革命上你是我的前辈或半个前辈了,我哪敢当什么呢?他说“文革”斗争我时,查了我的档案,当众宣布说是大右派曾彦修主张恢复你的党籍,可见你同这些老反革命早就是一丘之貉了。我说,是这事,至今你恐怕还弄不清是怎么回事。你在那里被开除党籍,主管是长期留苏回来的,在苏联谁对上级提点意见,谁就是反党,要开除党籍。你就是这样被开除的。1956 年“肃反”时,你已调来人社,我们“五人小组”重新审查这类事,你的事是由谭吐负责的,他觉得不对,哪有这样开除党籍的,便同我商量,我说当然明显不对,应该恢复党籍。可能我签名同意或草拟了恢复党籍的申请书草稿,放在你的档案中了。此事还远未办,就反了我的右派了,因此累你在十多年后受了大罪。第二次来,是因为他们在美国的儿子要接两老到美国去养老,临行前又要来看我一次,我实在当不起,因为我不过照党章办事而已。

再说一遍,我们这次“肃反”,不但没有增加一个有问题的人,反而是给一批人解除了疑问。

五 “四清”记实

1964—1965 年,近一年或一年多时间我在上海一个大中型印刷厂——群众印刷厂,参加了全过程的“四清”运动。这个运动是从河北省某县某乡或某村开始的,叫“××经验”。当时广泛风传出来的要点,是说我们农村的基层党政组织全都“烂了”,全部要上面组织工作队到农村去重新“访贫问苦,扎根串联”,重新组织阶级队伍,重新夺回基层党政大权才行。这个报告,在全国对党内的干部做过广泛传达。它的总估计、总精神不久即向一切干部(即国家党、政、军、文的工作人员)传达、讨论。其时,我于 1960 年 6 月已调至上海《辞海》编辑所工作。但当地市委的文教书记石西民及市出版部门负责人马飞海、丁景唐等同志对我均很照顾、保护,怕我在运动中又被整,因为只要一人起来点了我的名,他们就得照办。所以 1964 年冬他们就叫我立即去参加群众印刷厂“四清”队,采取了主动办法。这无异于对上海出版系统喊话:这回你们就不要整他了。这用意一看便知。

我奉命参加的是一支有四十来人的“四清”工作试点队,队长是上海市出版局局长马飞海,一位上海的老地下工作领导者,为人稳重。被“清”的是一个叫“群众印刷厂”的 800 人的大中型印刷厂。这个厂特别是它的装订车间有近二百人,是由原三十来个小装订作坊合并而成的,被认为是一个政治上很复杂的工厂。我就被分配在装订车间工作组。

所谓“四清”，是“清”每个人的，次序可能是“清思想、清经济、清政治、清组织”。“清组织”是最后结果，即重新组成该单位或地区的各层领导机构及成员。其实，当时从全国说来，有些地方还未解除饥饿状态，现有无数篇文章证明，“四清”在农村也是老一套，要先“诉旧社会的苦，思新社会的甜”。不过行不通，老百姓一诉就诉这几年如何苦法。几乎全都不得不改变老办法。

我在装订车间工作组中，开始时是叫我做“群众”工作，即无目的地去找人交谈。这等于无事，人家都在上班，你找谁谈？我没办法，有两三个月就是紧紧跟班劳动而已。我看见工作组每个人都抱着几份人事档案，并讨论和交换意见。因我当时不是党员，可以听，但不分配给我任务。组长叫我可以提意见。组内四个工人，两个大学生，再加一个我。但一讨论就牵涉到各个人的历史问题，即解放前几十年至解放前一二年的事情，这些就要难倒组内的一切人了，因为，什么国民党、三青团、中统、军统之类，他们根本不知道是什么意思。但相当一部分我却多少知道一点，或至少懂得如何去做调查的方法。组长后来请准上级，他们都是干过地下工作的或新四军来的老干部，他们知道我的“右派”事，但还是完全相信我绝不会包庇汉奸特务。所以，组长明确告诉我：请示过上级，装订车间审查历史的工作就由你多管了。名称叫“资料员”，合法了。

我先花了一个星期（晚上大家加班），把三十来个人的档案大致翻了一下，经历简单的一半多，较复杂的一小半，麻烦一点的约三四个人。以后即大致从易到难。组内的两个工人，两个大学生干部，都根据组长的分配，努力在市内做调查。其中30岁的中华书局印刷厂工人费全法，则是调查最用力、最有成绩的一个，到苏北、到浙南去调查过，我则是调查的设计者与分析者。

我们整个三十几人的大工作组，设有一个专管政治审查的负责人，是苏北来的老干部，也很和气，我所做的一切结论都是先要他批准的。

这样做了半年多，我们把工厂人事科（科长是一个三十多岁的女同志，人好得不得了，就是拿着这一堆乱麻没办法）交与我们的三十来份人事档案中的大小问题由我写了书面结论：三十来个被怀疑有各种政治嫌疑问题的，全弄清楚了：一个也没有什么大问题。其中有一个说是在浙江温州的国民党特务机关干过的，肯定、否定均无确证，他是做饭的，算未能撤销对他的某些怀疑。这三十来份档案，有二三份只半厘米或一厘米厚，绝大多数都有二三厘米厚，有一个人有两厚本。我看了哭笑不得：我们在做些什么呀！

我认为，我一生真正谈得上是做了一件工作的，就是这件事，即1965年在“四清”运动中，为被审的三十来个工人及干部全部洗清了汉奸、特务、政治骗子、反动资本家……这一类的怀疑或帽子，全部彻底以书面撤销了这些怀疑。我一生的其他工作，我认为也就是办公而已。

但是，这又有什么用呢？我们工作队于1965年深秋或1966年初春，在工作了一年多撤离工厂以后，不几个月，“文化大革命”就来了，一下子，全国又是“地、富、反、坏、右，叛、特、走、资、资”了（指当时初步被斗的十种“敌人”），最初我是从街边理发摊上听来的，意指“地主、富农、反革命分子、坏分子、右派，叛徒、特务、死不改悔的走资派、资产阶级分子、资产阶级反动学术权威”。以后就四十种、四百种也不止了，连主持全国“四清”的人也第一个就被“清”了。

下面就将我写了结论的三十来个人中的十个，先易后难地举出实例来谈谈。这比看福尔摩斯侦探案可要简明有趣多了，而且全是牵涉到一个人的政治生命以至肉体生命的。

（这些事的大致内容我曾以《审干杂谈》之名在北京、湖南均出过小册子，但无甚影响。书名就极像政治空论，无人对之有兴趣。现我据实另写，由简入繁，内容也更注意可读性了）

“四清”记实

一　一个似乎明明是盗窃公物的人，是如何被证明是毫无其事的

“四清”是所谓“清经济、清政治、清组织”，还有一个“清”，大概是“清思想”，记不清了。就是说，全国人民都必须个个通体透明，像个水晶人似的。在广大人群之前，人人都必须如此。在这个八百多人的印刷厂中的一百八十多人的装订车间，这些低级的、非技术性工人们又从何处去贪污、受贿呢？但也必须一个个地“清”，一下子全国普通老百姓又都可能成为贪污盗窃犯了。为此，在这个车间中，人人都首先得过经济这一关，因为人人都可能有“投机倒把”问题。

投什么机、倒什么把呢？因为当时较多存在的，有一个买卖“粮票”的问题。这是指1960年、1961年、1962年的事情，有的人家急需用几个钱，家中没东西卖，只好卖自家的几斤口粮粮票；一斤粮票大概有四平方厘米，可卖至2元钱，有些人家急需粮食，婴儿嗷嗷待哺，再贵也要买几斤粮票。或转卖至

乡下,因为乡下粮食更困难。无粮票,在全国都买不到一颗粮食。所谓“四清”运动,是从“清经济”开始的,工厂的“四清”运动,依上面规定,也必须从“清经济”开始。装订车间里有一个中年妇女,平时人际关系不太好,一直在用一种粗糙棉纱线在织背心,织了一件又一件,群众怀疑她是偷来的棉线。她说不是,但又不敢说明来源。工作组中的工人同志也弄不出个头绪来,就开了小型讲理会之类。她坚持说是在市场买的棉线。但那时哪有这种市场呢?显然不实。我觉得事情很小,但她哪会有这么源源不断的粗棉纱线的来源呢?斗不下来,是停止不了的。天上会掉下来棉纱线吗?我在工作小组里是“资料员”,可以泛管全车间的事。我向组长请战:我去找她谈谈可以吗?她当然是有来源的,要先解除她的恐惧心理才行。十几年的社会斗争从未停过,一次运动下来,总有一大批罪犯,哪个不怕。何况谈话的方式离不开审讯罪犯的形式:“×××:你只要老实交代,党的政策是坦白从宽,抗拒从严,你不要失去机会,越早一点交代,对你的处分越轻!”这么一段训话下来,对方无缘无故地已经被定为“罪犯”了,往往越是劝导,人家越怕。我找她谈话,先从开玩笑起,说:“×××,你真忙呀!一分钟也不休息,人家笑你呢?”她忙问:“笑我什么?”我说:“笑你财迷!”她说:“不搭界(上海读为 ga 的第四声)嘛!”我说,人家说“搭界”,说你投机倒把哩……就这么开玩笑地谈下去。“人家还说你那线团来源不正呢!”她说“偷来的?抢来的?”我看她已毫无恐惧之意,就说:“那你哪里来的,天上掉下来的?”她就笑了,“告诉你吧,是公家的东西,不过不是偷来的”。于是她就原原本本地告诉我,她的丈夫在某厂做钢筋水泥制件运输装载一类工作,每天发一双粗棉纱手套,用不完,她就拆开来织棉线背心,拿到市场上去卖。工作组立刻派人去查,完全属实。

对敌斗争后来变成了全民互斗,一天到晚都是敌我。我记不清了,好像是哪个名喜剧作家有一名剧叫做:无事生非!

二　一个自吹参加过欢迎汤恩伯宴会的国民党“地下人员”原来只是一个端咖啡的小工

这一段谈如何弄清楚一个端咖啡的小孩的所谓历史上的“国民党地下潜伏人员”嫌疑问题。

这个人姓张，男，约三十几岁。上海人，装订车间大机折页组工人。群众检举他在抗战胜利后，蒋介石派汤恩伯来接收上海时，曾参加过欢迎汤恩伯的宴会。因此，这个人可能是国民党的地下潜伏人员。据我们进厂后了解，此人除了平日说话随便，喜欢吹牛，工作上多少有点吊儿郎当之外，并无其他劣迹。但是多年来不止一人检举过这件事，而且检举人都说这是解放前他本人多次亲口讲的。

这个人在解放前确曾参加过什么壮丁训练队之类，但那是国民党军政机关向各大厂商派定的名额，由资方出钱买制服等，到时应卯而已。此事过去及这次都已调查清楚，他本人早已上交制服，即作罢论。

一算这个人的年龄，1945 年或 1946 年时，他只有十几岁，当时是在一个什么征信所或银行公会的小印刷厂做排字工人，这是有人证明的。这样一个身份和年龄的人，怎么能够参加上海市第一次欢迎国民党最高接收大员汤恩伯的宴会呢？不大可能。但档案内和口头上都有检举材料，不弄清楚就不能结案。这次如不管，岂不是要怀疑他一辈子？

于是，我建议仍采取老办法，不搞神秘化，不同他在背后捉迷藏，既然没有什么了不起的大事，就不要自找麻烦，先问清楚他本人再说。我一问，他就笑嘻嘻地说，解放前他确曾向别人吹过这个牛。事情的经过是这样的：他楼上的邻居是虹口某咖啡店的侍应生（即服务员），汤恩伯到沪时，上海各界名流二三百人在某大学礼堂开茶话会欢迎汤，由于规模较大，是由若干家咖啡馆联合承办的。张的邻居老师傅受雇的那家咖啡店也是那天承办这个茶话会的店家之一。这位邻居老师傅临行时随便对张说："小张，侬想看看汤恩伯哦？阿拉带侬去！"张回答愿意去，于是立即换上邻居老师傅的白工作服一齐去了。茶会举行时，这位小张就在外面帮忙打杂，包括把饮料点心等送到欢迎大厅的门口，由邻居老师傅在门口接过去再送到客人面前。调查时，这位姓张的工人对我说："我瞎忙了大半天，就是远远地看了汤恩伯几眼，吃了几块西点，勿格（合）算。"这以后他就乱吹参加过欢迎汤恩伯的宴会，别人再添油加醋，于是就由在场外帮忙端茶送水变成了参加宴会，又由参加宴会逐渐引申出"国民党地下特工人员"的问题，真是阿弥陀佛！

这之后，我们就进行调查，咖啡馆某师傅已死，他确曾是这位张姓工人多年的邻居，平日很喜欢这个孩子。我们都认为这件事就是这么一个小故事，没有什么再调查下去的必要，只能取消对这位张姓工人的怀疑，给他做了个书面结论。

我希望这位工人同志以后不要乱讲大话，自找麻烦了。

不过，我们也太会制造"敌人"了，似乎举国之人都有"特嫌"似的，其实往往是：天下本无事，庸人自扰之。

三　一个被怀疑当过汉奸警察局长的人仅仅是同名同姓

这次谈装订车间有一个小业主(或小资本家)曾经被怀疑当过汉奸警察局长,而最后弄清全无其事的故事。这个人姓王,在公私合营时并入厂中,五十多岁,身体不好,只能做点轻微工作。

在他的档案袋中,有人检举他在敌伪时期做过江南某市的汉奸警察局长,是留日学生,先替日本侵略军当翻译官,以后被日本侵略者看中,提升为警察局长等。

我们工作组内是一位大学毕业多年的同志管他的事情,他来和我商量。我们初步了解情况后,判断被检举的人大概不是这个王某,而是另有其人。其中虽然有几个方面,如姓名、年龄、籍贯、日本投降后开装订作坊,以后又并入国营大厂等,都是基本一致的。但据了解本厂王某历史的其他老工人说,这个王某没有留学过日本,也没听说当过什么日伪的警察局长。我们看这个王某的文化水平很低,也应付不了这么个汉奸差事。

从检举材料来看,检举人大概也是听来的,所以说得也不大清楚,又没有留下地址,无法再深入查问。但是我们觉得,本厂的王某虽然已经能够大体上判断不是真正的被检举人,但是如果这个被检举人确有其人,就可能至今仍然逍遥法外。而我们厂的王某的案又如何了结呢?继续保留档案和保留对他的怀疑是错误的,无条件销毁检举他的档案更是不允许的。于是,我们就下决心或者把这个被检举人找出来,或者找出确证以取消对我厂王某的怀疑。二者必居其一,不然就是把别人的政治生命当儿戏,不负责任。

此事由小×到市公安局去查市民册。同名的有十几个,还有几个名字很相近而在印刷系统工作的人。于是我们商量,如果对这十几个人一一去查,太费时间,宁可从印刷系统几个名字相近的人查起。小×跑了不多的地方,即在一家大印刷厂查出此事,被检举人是在那个厂中,经核查无误后,我们把材料转了过去,并取得了收条。

至于检举的内容是否完全真实,我至今不知道。其实原检举材料上的王某,同本厂的王某在名字上是差一个字的,只是读音很相近。如果工作认真负责一点,这个问题早就解决了,不应该这么糊里糊涂乱塞到人家的档案中。人命关天,我们有些同志常常搞这种不管别人死活同时也为自己制造麻烦的事。

一个张冠李戴的汉奸案件,就这样没有费多大力气就弄清楚了。经验是:一、不要蛮干乱斗;二、对人要有负责到底的精神,好人必须为他昭雪,坏人则必须设法把他查出来。

四　一个“汉奸”，其实是我们指定的两面村长

一个清洁工，朱××，六十来岁了。凡是进过印刷厂，特别是大印刷厂的人都知道，那里遍地破纸，有时难以下脚（但1980年我在日本参观过的大印刷厂，窗明几净，地无片纸），各种废料也多，几个清洁工忙得不得了。这个姓朱的清洁工很是勤快老实，只知埋头干活，一句话不多讲，一问才知道是“汉奸”，反革命管制分子。我看了他的材料，明明自认是我们派出的，应付敌伪的两面村长。我说我找他谈谈，是真是假，不难辨别。如是真汉奸，我们的这一套，他要编也会矛盾百出。我找他谈，首先不威胁他，说，听说你是我们的村长，指定你去当伪村长的。我说，这种情况有，你把经过讲讲看，我也在苏中待过（其实没有），那里的情况我也知道一些。如果他是完全冒充的，一听就会吃不消。因为他文化不高，要造假会漏洞百出。他讲了一些，我听不像假的，特别他说我们那里在长江边上，靖江县，敌人统治得很严，要献铜铁，有任务。晚上我回家里，报告上级，说不交不行，要杀老百姓，先要杀我。上级决定，叫我交。去收集破铜烂铁，好的送到我们这边来，没用的交他们一些。敌伪嫌少，还要，我又回去报告，上级说，你再交，有用的交到根据地，不够，我们在根据地收集，把最坏的支援你，这样就勉强对付过去了。

敌人经常要我们贴大标语，什么“王道乐土”、“大东亚共

荣圈”等,不贴就杀头,请示上级,说,贴,不贴他就杀人,利用机会把纸张、墨汁多弄点到这边来。我听他讲这类事情,立刻就明白,这些如不是亲历,编造不出来的。我安慰他说,你太劳累了,要注意身体,你的劳动任务恐怕要减轻一点。他哭了。我说千万不要哭,要伤身体,你的事简单得很,很快就会清楚的,不要怕。我回来一汇报,我们工作队里有一批老新四军,苏中干部,一听都说,弄错了,弄错了,是我们的人。有一位专管审查政治的队委说,这人是普陀区公安局榜上有名的管制分子,还要他们同意。一天,普陀区公安局来了一个干部,说,我们也知道此人是弄错了,现在就可公开宣布摘帽(当时没有“平反”一说)。

问题是:如果对敌伪与我区情况一点不了解的人,如何去审查这类情况呢?能不越审越乱吗?能不越审“敌人”越多吗?

五　是"兵痞",还是最底层的受压迫者

一个多年来在车间被公认为"兵痞"、国民党员的人,实际却是一个一生被迫害、被侮辱,在解放后才真正得到翻身,而且一直表现很好的工人。他解放后在政治上一直受到歧视,我们去后才将这些加以改正了。

这人姓阎,山东泰安(或兖州)人。男,四十五六岁,装订车间大机折页组长。此人解放后具有强烈的翻身感,工作积极努力,遵守劳动纪律,担任组长后责任心也很强。这样的工人是解放后出现的积极分子,坚决拥护党的政策,服从党的领导,当然,习惯上也服从一切上级领导人。

工作队进厂后,我们就一直听说这个人是"兵痞"、国民党员,干部汇报时,也老是这么说(这不能怪他们,因为不说得"左"一点,他们就有可能挨整,这是长期以来"左一点保险"造成的结果),把他作为一个重点人物,认为可能是一个清理对象。但讲到解放后的表现,却找不到什么不好之处,于是乎便说人家是"伪装积极";这个人多次表示想入党,则是"妄图钻入党内"等。看他的档案,确是当过国民党的兵,"加入"过国民党,都是他自己填写的。这些,过去他在各项运动中已经作过多次明白交代。这个车间的前任支部书记是一个踏实诚恳的女同志,已经到外单位帮助工作去了,这次也回到厂来参加工作组的工作,也照说这么一套,但我看得出来,她是言不由衷。

这个工人平日抓劳动纪律得罪了一些人,这回工作队进

厂后，说他是“兵痞”，甚至“阶级异己分子”的声浪越来越高，车间有些负责人也这样，似乎这两顶帽子已成定论。车间主任老唐同志因为在业务上要依靠这人，平日同他比较接近，因此也被认为丧失立场，为此受到公开批判。当时阎某也在场，因此他惶惶不可终日。我很担心会出事。因为一个人等待着毫不讲理的、可怕的审判，还不如直接拉出来审判好，这一点我自己有很充分的体验。

我想，既然解放后一直表现很好，“兵痞”又怎么样？为什么我们一定要做赵太爷，不准人家进步？我还发现，反对他最激烈的，基本上来自后进力量，特别是一些劳动纪律不好的人。我参加过几次土地改革，开始时上过这个当，也学了点乖，谨防上当。

于是，我想先稳定他的情绪要紧，便先后几次找他非正式谈了他的经历。这样，我已经初步判断他根本不是什么“兵痞”，而是一个在解放前一直受尽压迫的人了。他解放后一直表现较好不是没有原因的，因为他真正得到了翻身。然后，我报告工作队的一位副队长陈落同志（一位清华大学毕业很了解旧社会的老同志），请他同我一齐听一次阎某的详细自述，并随时提出询问，我相信以我们两人几十年的政治经验和对解放区与国民党统治的了解程度，他要在几小时的谈话中把我们都骗过，怕也不那么容易。

我们同这位阎某谈了整整一个下午。他是贫苦的农家子，10 岁丧母，兄弟二人受后母虐待，弟弟先逃亡了。1937 年抗战爆发后，在山东泰安或兖州有一个国民党的伤兵医院，阎某这时十七八岁，逃出家庭，进入这个伤兵医院去当了一名看护兵。以后随着这所伤兵医院，经过千辛万苦进入四川万县。以后又迁往四川合川县。在合川时，遇到国民党开什么会，院长要为自己或别人拉选票，就给院中人员不管伤兵还是工作人员每人发一张表，派人监督或代填“加入”国民党，阎某就是这么“参加”了国民党的。这时我插话说：“国民党是有这么干的，花样很多……”我还未说完，他就十分激动，连说：“你了解国民党的情形就好了，过去我这么说，他们都说我顽固不老实……”以后他又逃出这家伤兵医院（他还讲了官长们如何贪污死亡士兵的丧葬费，向上报棺材费多少，实际上多是叫他们偷偷裹张破草席掘地埋葬的，他们也多少分得一点钱），经一个同乡介绍，替一个地方军队的团长旅长之类的人当家庭勤务兵，实为家庭奴隶。以后他又偷了主人的一个金手镯，逃到重庆，改名换姓，后来又经同乡介绍，进了国民党政府中央信托局当勤务工。胜利后随中信局到了上海，中信局接管了某大印刷厂，阎的编制转入这个工厂，实际上则是做中信局某负责人兼这个印刷厂的总经理或董事长的家庭仆人，买菜、烧饭、打扫卫生、抱孩子，无所不做，因此，他被厂里人看不起。解放后才辗转并入现在这家印刷厂的。

调查中他历述当看护兵的辛酸。我插话说：“对，国民党的伤兵谁也敢打，戏院、饭馆不用说，县政府、县党部之类也说打就打……”我话还未完，他已激动得流了眼泪，连声说：“你了解情况就好了，你了解情况就好了，过去总追问我害过多少老百姓，我说我当的这个看护兵整天挨伤兵的打，他们不但不相信,一直说我不老实……”看来这是他一生中第一次受到别人对他的遭遇表示同情和被了解,因此一下子激动得流出眼泪来。在他历述如何从山东经安徽、河南、湖北进入四川,沿途所经铁路、公路、轮船、木船的经过路线时,我插话说:你说得对,这条路是这么走的,是要用这些交通工具。他又喜出望外,说:“你也走过这条路?”我说:“我没走过,不过据我知道的,你说的没有错。”当他说他们拉伤兵的木船进三峡,以后经过云阳时,说那地方出盐,看见有人背盐的。我又插话说:“你说得对,那地方是出盐,如果你是坐轮船经过这地方的,恐怕就不一定会知道这件事了。”他又十分感动。看到我们对他的一生经历多表示理解和相信,他感到十分意外,也表现出对十几年压在他身上的重担有可能要解除了的异乎寻常的喜悦。

后来,我们把他的自述整理成一份万把字的材料。此外,既然没有任何对他的检举和揭发材料,那就只能相信他合理而又无任何漏洞与矛盾的自述了(他本人还有一些比这长得多的事情,篇幅不允许,从略了)。

因为他没有任何可疑之点,我记得还在他的自述(我记得很清楚,对他的结论材料,是用的“自述”字样,因为他实在没有什么要“交代”的)之后加了几点看法,并得到了全工作组的通过:一、相信他本人的自述,如有不实,由本人负责;二、阎某在旧社会始终是被侮辱、被损害的底层劳苦人民,不是什么国民党“兵痞”;三、参加国民党是被迫的、集体的,早已自动交代,不算什么问题。并说,这些均已了案,以后如无新材料,这些事就不要再追查了。

六　一个被认为告密罢工的"工贼"，终被证明纯无其事

这次谈如何弄清楚一个长期被认为是"工贼"的工人，结果根本不是那么一回事的经过。

这个厂的装订车间，有个姓陈的工人，年约五十岁，男，四川重庆人，抗战胜利后随国民党中央信托局一个印钞厂复员到上海。解放后，辗转留在现在这个工厂工作（此厂解放前也印钞票）。他的专长一点没有得到发挥，整天打糨糊、清扫车间。他的名字也很少有人叫，要叫就是"打糨糊的"！

他有一大袋档案材料。关键问题是：有人检举他抗战期间在重庆中信局印刷厂时，曾告密过一次罢工，致使多人被开除出厂，因此他是一个"工贼"。检举人是上海另一印刷厂的一个工人，据说这事是陈某同他一起喝醉酒时，陈自己告诉他的。此事厂中人保科原已有大量调查材料，其实已基本上可以做结论了，但是却没有做，仍然作为一个"工贼"甚至特务嫌疑挂在那里。

我仍然坚持我的老主张：先仔细阅读和研究已有的材料；没有什么大不了的问题，就应该找他本人详谈。不要老是在背后猜谜语，演《三岔口》，化简单为复杂，化清楚为糊涂。

经过过去的了解和我们新补充的调查，情况大致如下：陈某原系重庆金银首饰店学徒出身，会精雕细镂金银首饰。后转入重庆地方势力所办的印钞厂，做镂版工人。抗战开始后，

国民党中央势力进入四川，要印钞票，既无机器，又少工人。不得不借重地方力量，由国民党中央信托局投资，扩大印制钞票，增加工人，领导权自然落到了国民党中央派手中，印制科长也改由“下江人”担任。原地方工厂的技术领导人及技术工人等被排斥，置于次要或无权的地位。他们极端不满，要求恢复原有地位。国民党中央系的当权派仗势不让步，本地技工们没有达到目的，就以集体辞职相威胁。国民党中央信托局派去的厂方当局仍不让步，于是几十名本地的技术人员和工人就真的联名集体辞职，而国民党中央信托局的厂方也就莽里莽撞公开出布告批准了这一集体辞职。两三个月后，钞票产量降低，满足不了国民党通货膨胀的需要，辞了职的本地工人也生活困难。后来国民党厂方不得不妥协，把这些人全部请回厂。本地工人也就顺水推舟，全部回了工厂。因此，根本就没有发生过罢工和开除工人的事。

以上情形弄清楚以后，我们就做第三步的工作，再找上海当时的几个当事人或知道这件事经过的人进行了一些调查。至于重庆方面，过去已有过充分调查，有的当事人解放后已是重庆市工会的干部，讲得很清楚，经过就是上面那些，没有必要再去调查了。

综合前后调查的结果（包括陈本人的自述）如下：

第一，该厂根本没有发生过罢工，也根本没有发生过开除工人的事。斗争是公开的，经过长时期公开交涉，也无所谓告密这回事。所有当事人的证明，没有一个涉及罢工，或有人告密、破坏罢工之类的事情。

第二,斗争的性质,是国民党中央势力与四川地方势力的斗争在某一个小角落里的反映。

第三,斗争的结果,以双方各有需要,也以双方互相妥协而告终,没有任何人受处分或被开除。

第四,关键之处(似乎是这次新调查出来的,根据我的记忆,好像陈对我解释为什么他不参加辞职时谈及此事,以后经过调查属实),是该厂的印刷科长娶了陈某的妹妹做妻子,因此陈和他是亲戚关系,因这一层特殊原因,陈始终未参加这一斗争,也未参加集体辞职。本地的工人对陈是有些不满,但一般均谅解陈,未予深责。

全部的事实真相就是如此,因此给陈做了书面结论:根本没有发生过这个"罢工",他没有破坏过"罢工",没有告过什么密,也没有任何人被开除,自然他也没有任何"工贼"嫌疑。至于所谓酒后自述之说,可能一个是酒醉胡言,另一个也可能是酒醉误记,就没有必要为此事去寻根究底了。

七　一个“假党员”、“假新四军”如何被弄清楚确曾是真党员、真新四军的

这次谈的是胡某某，男，上海人。这个人是在“大刀架子”（即切书边和切纸张的机器）上工作的，劳动强度大。在“大跃进”后的几年困难时期，他有赌博、贩卖票证和聚众酗酒之类的行为，劳动纪律也不大好。平日则一贯对人讲他是老新四军，是共产党员等。工厂人保科过去审查过他，档案有寸把厚。但方法不大对头，调查也不得要领，做不出结论。群众和人保科都基本上认为这个人是冒充新四军和共产党员的骗子。“四清”中由于群众平日对他不满，要求他在小组会上作交代，如交代不清即是假冒，予以处理。

我看了他的材料后，一时真假难定。我建议，这种事情根本不应该背对背地捉迷藏，应该先请他本人写一份详细经历，看后即可知其大概了。我一看他新写的详细经历，从 1946 年苏中七战七捷到北撤，到大反攻、渡江等，都不像假的，我又找来《解放战争大事月表》对照，经过可算大体不差，不像假冒。于是我又去找他详谈了一次，看看和听听他像不像在解放区和我们部队中待过的样子。这个辨别方法我想是比较有效的。我得到的印象是肯定的，不像假冒。由于文化水平低，他对这段经历当然也有讲错或记错的地方，但这同假冒的人讲错的，一听就能分清。但我问他怎么离队的，有无复员证明等，他就左推右托，含糊其辞，讲不清楚。

节外生枝的麻烦事情是，在他的档案中还有一张“党证”，是用白色有光纸印的，有半个巴掌大，时间是1946年，已经黄旧不堪了。这可把很多“老资格”的党员都考住了。我们没有党证制度，问过工作队中几个从新四军或苏北根据地来的领导同志，都说苏北和新四军也没有党证制度。于是，我再研究他那张“党证”，发现用钢笔填的是某团某连战士，同“党证”上所盖章的团党委会的团名番号根本不一样。我把这个问题提出来请大家研究。个别同志说，这更证明胡某某是假冒了，所谓“党证”上填写的东西同所盖的图章就是矛盾的。更多的同志则表示疑惑不解。我提出我的看法：正是从这个矛盾上，不能肯定他是假冒，相反，很有可能是真的，证据也就在“党证”上的这个大“矛盾”上。我说：第一，从“党证”纸质的简陋上来看，不像是伪造。根据伪造者的心理，不会造得这么简陋，以致容易引起别人怀疑；第二，作伪者更不会公开制造一个大破绽、大矛盾摆在那里，让你一眼就把他抓住。我说，相反，我们根据地不重形式，一个单位改名了，改制了，改变隶属关系了，仍用老图章代替倒是一点也不奇怪的，而这种事情在国民党统治区的公私单位中则不存在。这两点大家都觉得很有道理，已不趋向于胡某某一定是假冒的了。但对于怎么会冒出一张“党证”来，则我同大家一样，都感到不解。我再一次建议不要背后捉迷藏，再同他公开谈，请他自己解释，“党证”是怎么来的。工作组决定由小费找他谈。

这位胡某回答说，新四军本没有党证制度，但北撤时怕有些战士和干部因受伤或掉队跟不上队伍，才临时发了这一证件，以备万一掉队时，拿出来做证明，便于当地党政机关和根据地群众收容保护。至于此证是否有效，他说他也不知道。一听这话十分在理，谁编得出？于是，我再次详细面询这位胡某的经历，得知他到山东后，就到了渤海区任华东后备兵团某师长的警卫员，一齐南下，渡江战役胜利后，某师长兼任江阴要塞司令。胡本人解释说，他是请假回沪探家，以后回到驻地，部队已调防，他没有找到部队，因此便离开队伍了（按：此事是假的，见后）。

有些同志说，现在到哪里去找那位师长呢？没有证明，也是白搭。我说，既然知道了当时的师长名字和驻防地点就好办了，当时全国的现职师长能有多少，二三百个到了顶吧，这事去问中央军委、总参、总政等，都可一问就着。于是我们写了一信，附上胡某的照片，经过市领导机关给国防部办公厅寄去了，请他们转当年任江阴要塞司令的某师长。大约 10 天后，某海军基地副司令从海南岛的复信来了，证明此人是他的警卫员，是党员，原是从伪军中解放过来的，全国解放后，他于 1950 年回沪探亲，久久不归，曾三次派人到沪寻找他，都未找到。从这封信的内容来看，这位首长对他的警卫员是很负责的、热情的，生怕他的警卫员在挨整，所以一天也没有拖延地就写了回信。

最后全部弄清了事实：胡某于日本投降前两三个月在上海外滩被敌伪抓去当兵（当时他摆小香烟摊），送到江北海门。不久海门被我军解放，他就参加了新四军。因几次打仗勇敢，被吸收入党，表现较好，便被选拔为师长的警卫员。南下后回沪探亲，自动离队了，回沪后以修鞋为生，以后进了印刷行业。

一个被怀疑甚至被相当肯定地认为是政治骗子、坏分子而又似乎“查有实据”的人，终于完全弄清楚了。我祝愿这位同志彻底戒掉他的一些不良习惯，在年老后仍然能够保持新四军的优良传统，问题已经完全弄清楚了，就不要自暴自弃。

八　箭在弦上的时候解救了一个党员的政治生命

装订车间大机折页组的朱大路同志，是位复员军人，大约1946年参军，参加过解放战争的全部过程。这位同志有些毛病，夫妇二人寅吃卯粮，用钱无节制，月月有赤字，年年闹饥荒。吃的要好，用的也要好，于是债台高筑，四处伸手借钱，常常久借不还，又年年向公家要补助、借款之类。因此，为了经济上的事情弄得全厂知名，厂领导对他也很头痛。群众从爱护党的立场出发，在"四清"中希望好好清清他，认真开几次批评会，要他在会上作检讨，并要订出归还借款的计划，不然就要给他点处分。事有凑巧，正在开始"清组织"的阶段，大约1965年4月前后，他交出一封家中来电，说父亲死了，又向厂方申请了丧葬补助费、借款等。但他并没有请假回家。一两个月后，我们的一个工作组员张同志到上海市某局副局长（与朱是同村人）处，了解朱参加革命的经过及其表现（朱的父亲在村中被定为"历史反革命分子"，实际是一个错误，此处不赘），某副局长无意中谈起，他本人才从家乡回上海几天，在家乡时看见朱的父亲，身体有病等。张同志感到有点奇怪，人已经死了几个月，怎么最近几天还会看见？经反复追问，某副局长说："朱的父亲绝对还活着，我和他还多次谈过话"。这就怪了：朱某正在因为平日经济问题被人批评得焦头烂额的时候，还假造父亲死讯，向组织骗取款项，岂非不可救药？于是再问朱，朱一口咬定，父亲确是死了。于是就派一个三十来岁的男工作组员费同志（另一厂的工人）前往苏北调查。调查结果是：朱的父亲确实还活着，前两个月病情严重时，朱的弟弟估计父亲会死，就给朱发了一电，说父亲已死，催朱速回。据调查，来电的目的，一是盼朱回家共同料理丧事；二是盼朱带点钱回来。结果，父亲并未死，哥哥寄来了钱，但是未回家。

经过研究，觉得这个调查还有不够周密的地方，例如：朱至今坚持其父已死，那么，一要弄清他的弟弟在发出死讯电报之后，是否又与朱来过信，说明父亲并未死。二要弄清楚朱在向组织报告其父亲死亡的消息以后，是否还与他的父亲去过信（群众知道，朱有孝心，常与父亲写信）。如去过信，就证明朱至今欺骗组织。因此这两件事情还要进一步调查清楚，我提出，最好能取得一件实物回来作为铁证，如果没有这些调查，仍然不能匆匆作出结论。

于是，又请费同志第二次去苏北。调查的结果是：一、朱的弟弟说，电报发出后父病逐渐好转，以后再没有与上海的哥哥去过信，把此事忘了。二、小费同志向朱的父亲要到一个朱写给他父亲的信封，信笺已找不到了，信封上的邮戳一看是“1965 年某月某日”，已是朱向组织报告其父死讯之后相当一个时期发出的。

确证拿到了。朱行为恶劣，屡教不改，变本加厉，至今欺骗组织。经领导研究决定召集有党外同志参加的车间支部大会，公开证据，予以留党察看处分。如群众认为应开除党籍，则当时不表决,会后再议。这个朱同志历史单纯清白,因为他是党员,我当时按规定无权看他的档案。但是我出于责任心,在当晚就要召开支部大会的那天早上,我紧急要求研究一下朱的档案,我估计领导也会同意。果然给我看了,一看只有几张简表,但打仗勇敢,在解放战争中立过三次小功。“三次小功”,在现在有些人看来,这“算得什么?”——不,同志,战争中的三次小功,就是三次生死考验呀！开支部大会时,我便同那位到苏北调查朱的事情的费同志坐在一起,两人一直窃窃议论,我提出:“一两个月前的信封为什么会旧成那个模样,这是长时间自然变黄的样子,而且那个邮戳日期也不能说是绝对清楚的,你看怎么样?”小费一听也觉得信封问题还值得研究,他是大印刷厂的技术工人,懂一点印刷清晰程度的检查方法,便说:“有办法,我到质检科借个放大镜来看看,可以清楚些。”于是他去借放大镜,我则立即写一张条子与主席,说信封问题还要研究,不能定案,请他拖延一下时间,千万不要涉及信封问题,并请他把信封给我们,等待研究后立刻再由领导决定应该如何办。于是,小费同志借来放大镜,说来奇怪,离开放大镜,一看是“1965 年”,但用放大镜一看却是较模糊的“1963 年”,经过几个同志看后,再经领导复核,是 1963 年的老信封无疑,不是朱在 1965 年报告父亲死了之后又写给父亲的信。于是我把实际情况写一条子与主席,说明信封日期经鉴定是弄错了。“确证”不确,今晚只能提意见,批评,不能作任何组织处理。

在箭在弦上的时候,避免了一次牵涉到处理一个英勇的解放军战士的政治生命的错误。应该感谢这位小费同志,他不嫌麻烦,始终认真负责,不搞主观急躁,我祝愿他今后能更好地发挥这种实事求是的精神。

九　一个亲笔留下了“罪证”的女支书还是冤枉

诸云开，女，三十余岁。装订车间女支书，工作负责，严格执行一切法令及一切纪律规定。方式比较生硬，说话更是有点“冲”，不大注意方式。据说有一次叫了几个女工到她办公室检查有无盗窃，引起公愤不小。大家说她还有无理开除女工之事。因此，她在车间自然成为第一个激烈的斗争对象。又说她是大地主大官僚家庭出身，父亲有十几个姨太太，她也不知道是哪个姨太太生的，因此，一、她是混入工人阶级队伍中的阶级异己分子；二、她还替外国人做过事，替外国人唱歌跳舞等；三、她迫害工人，把患有重病的女工汪某非法辞退出厂。第三件事还由群众和工作组出面去动员汪某人回厂开了控诉会，并开过一次全车间的大型批斗会，有些人慷慨激昂，大叫“打倒诸云开！”大家自然无不跟着喊。从表面上来看这个会开得很成功，自始至终情绪高涨。在一旁观察的出版局长、工作队长马飞海，事后对全工作队讲了意见，说这个办法不好，一味乱轰，大家都叫了“打倒”，将来不该打倒怎么办呢？我很佩服这位老同志对政策掌握得很稳。

确实一切都要调查，光这样反复批斗是解决不了任何问题的。

在对诸某某的几个问题都做了初步调查之后，我提出我可找她详细地谈一次，希望她对以上三个问题提供线索，以便继续调查。她果然提供了极其重要的情况和线索，然后我们再反复调查，结果如下：

第一，诸本人讲了她父亲的名字，她三四岁时父亲就死了，听说是个大官僚，还是个大诗人等。于是，我就向本工作队的徐稷香同志请教，他是搞古典文学的，问他知道诸某某的父亲这么一个诗人否。他说知道，是同光体（指清末同治光绪年间流行的诗风）名家之一，并告诉我可以再去请教熟悉这段时期诗人的富寿荪同志。老富告诉我，确有此人，并当即借给我 1933 年梁鸿志替他出版的诗集。根据梁鸿志的序文，此人应属清朝遗老之列，做过北洋军阀政府总理、执政段祺瑞这一类人的秘书等，实际上是专替他们做应酬文字的清客。此人死时，诸仅三四岁，其母为其父的七姨太太，父死后诸母女二人即被其同父兄（年龄大于其母）赶出家庭。因此，诸本人家庭出身没有必要也不应该定为“大官僚”。

第二，诸母女被逐后，其母在沪杭等地以缝补洗衣为生（据云诸母本系使女出身），诸本人被送入教会孤儿院，稍长后在院内学习手艺，诸学会了简单的铜管乐及舞蹈等。孤儿院为增加收入，就把这些儿童编为乐队，供某些工商业活动及家庭婚丧喜庆之用。此种情形解放前在上海确实存在，有人证明看见过，笔者在广州解放初期也曾多次见过这种送葬的、令人啼笑皆非的青少年破洋乐队。

因此，诸出身贫苦，孤儿院长大，以及替外国人唱歌跳舞等，就是上述这么回事。

第三，迫害女工汪某一事最难下结论，因为证据是很“确凿"的。我们遍查厂中档案,在 20 世纪 60 年代初,国务院有一个指示,全国工厂职工凡因病连续休养三年以上,经医生证明今后一年仍必须继续休养者,即不再占职工编制名额,由企业转入地区民政部门救济。上海市人委及市总工会也有一系列执行这一规定的文件。汪有医生证明表格,属于此种情形。但仔细一看"医生证明"一栏内的批语,字迹却很像是诸某某写的。我们又向厂中同事反复查证,对比诸本人写的其他字迹,大家一致认为这是诸本人填写的,不是什么医生的证明。这就麻烦了。有同志认为,既然已经水落石出,诸利用人事科长职权假造医生证明,迫害女工,已可定案。但此事如果一宣布就得批斗诸,以致开除党籍。我主张不必太急,还应该向诸本人问问究竟是怎么回事。诸的个性很倔强,一宣布,一批斗,就可能出事情,人命关天。我认为绝不能轻率,应该先向诸本人调查,再向医院调查。诸脾气大,大家都不愿找她谈。她是支部书记,而我当时又没有党籍,但我只好硬着头皮自告奋勇找诸谈话。我的态度诚恳亲切,毫无威胁性,慢慢把表格拿出来问她:"老诸同志,你看这个字是不是有点像你写的?"诸一看,眼泪急下,但很愤怒,连说:"是我写的,是我写的,我不否认!你们开除我的党籍,把我抓起来好了!"但是她的声音容貌都有难言之隐。我赶快安慰她说:"诸某某同志,如果组织上根据这个就处理你,现在也不派我来找你调查了。究竟是怎么回事,还是请你不要有任何顾虑,我们一定仔细调查研究,绝不会凭一点材料就立即下结论的。"诸听说还没有下结论,颇觉惊异。然后就详述了此事的一切经过。简言之,

“医生证明”一栏确是她写的，但她是照医生的口述笔录的，因为医生不愿自己填，怕得罪人，“我当时也不懂，就做了傻瓜，现在就变成我伪造医生证明，迫害工人了！这件事永远也搞不清，我就承认算了！”我说，要是果真如此，总可弄清，劝她不要着急。

随即由一位大学毕业后工作了几年的女工作组员前往普陀区结核病防治所调查了几次，医生说记不得此事，遍查医疗档案也无此事。医生们也说这字确不是他们那里任何医生的字迹。这位女同志跑了多次，感到已无能为力，查不下去了。但是我觉得调查还有漏洞。于是，我不得不另外动员一位童工出身的四十几岁的女工作队员张丽娟同志再去调查，我再三动员她要勉为其难，说大医院的医疗档案，不仅有公开的医疗记录，可能还有另外的材料。另外，我请她多向负责人讲，这事关系到一个人的政治生命甚至更大的责任，务必请他们多多协助。这位张同志工作仔细，责任心强，经过她认真而恳切地提出要求后，院方果然说，我们还有一套病例讨论记录，是内部讨论时留下的，替你们查查看。管病案的同志不在，第二次又去查，因为有大体上的时间，查到了：医生们确于某年某月讨论过汪某人的病情（一次或几次），最后一致确认，在今后一年（或二年）必须继续休养，不能上班。张同志把这份材料抄回来了，诸某某确是照这个意见填写的。

当时诸某某的民愤最大的三大问题全都弄清楚了。结论是：什么问题也没有。我祝愿这位诸同志今后仍然要发扬她敢负责任、敢作敢为、也颇能坚持原则的精神，但是也必须克服工作方式简单生硬，对人不够热情，命令主义的倾向和有时近乎胆大妄为的作风。

十　一个戴着双重反动帽子的“反革命资本家”，最后证明原来是一个舍命掩护过地下党员的人

这次谈一个戴着“现行反革命”、“反动资本家”双重帽子的原装订作坊主人(可能属于小资本家)的人，如何最终查明在解放前曾是一个冒着生命危险掩护过我党地下党员，而在解放后所加给他的两顶反动帽子又是怎么一回事情的故事。

这个厂的装订车间有一个戴着“现行反革命分子”、“反动资本家”两顶帽子而被监督劳动的人朱某，朱某六十来岁了，他的主要罪行是:一、上海解放后(或临解放前)借了相当于现在数十元或稍多一点的钱给一个辗转相识的人，这人后来在浦东(黄浦江以东，即川沙、南汇两县境)以“反共游击队”的案件被捕，供出曾向朱某借得若干款项。因此，朱也被捕，并被定为现行反革命分子。二、据说 1962 年朱常到车间内原属于他所有的骑马钉订书机(即铁丝穿线订书机)旁看来看去，是盼望“蒋介石反攻大陆”早日回来，因此又被称为“反动资本家”(这大概是口头定的罪，似乎并没有文字决定，当然更谈不上什么法律裁决了)。我们原来没有准备对这个人作任何重新审查的打算，因为并没有发现他的任何新材料。

他的妻子是一个非常胆小怕事的老年女工，以前也是一直做工的，只会埋头做工，技术、质量都不错，平常什么话也不说。“四清”期间，她自然整天处于惶恐状态之中。不过，我

对她始终是一视同仁，没有任何歧视。我总觉得，在我们的社会里，一个老年的劳动妇女，像老鼠一样地生活着，对周围的人都像怕猫一样地害怕，这是我的理智、良心和我学得的一点马克思主义（当然，有的同志是不会承认这是符合马克思主义的，而认为这就是“修正主义”）所不能接受的。因此，我不能为了表示我的“立场”坚定就动不动去训她。这样做我觉得是可耻的。但车间里已在工作组领导下，对这个朱某开过一次二三十个人的“批斗训话会”了。这是履行规定手续，因为他的“现行反革命分子”和“反动资本家”的双重帽子还戴着，即使没有新材料也要斗。如果不斗，就叫做“放着阶级敌人在一旁不管”，是路线问题，是“阶级斗争熄灭论”。自然，工作组也不得不对朱某照例来一番批斗训话，群众也是例行公事办理，个把钟头就结束了。但他的老妻可急坏了，以为这趟又过不了关，又要斗死斗活或被抓起来了。中午午饭也不吃，下午接着又上班。有人作为新“动向”告诉我。这位老妇人也是多次想要找我谈话的样子，但又不敢，显然是怕反而会招来横祸。这点我看出来了。于是我就主动去找她闲谈，问她为什么最近常不吃午饭，这样会弄坏身体的。这话不讲犹可，一讲她就伤心地哭了。她说：“同志，这一辈子也没有人对我讲过这样的话啊！”还是啼哭不止。我知道一个长期不被人当人的人，而且当前等待着她的又似乎是只有被批斗和被侮辱的时候，没想到今天在她面前的一个似乎对她掌握着生杀大权的人，竟然第一句话就关心她不吃饭会影响她的健康，她怎么能够不激动得流泪呢？我告诉她，不要怕，不管什

么事情,都可以毫无顾虑地大胆讲。她真的对我慢慢讲开了。大要是:

一、解放前她的丈夫同我们的地下党员有联系,1948年一次大逮捕前,有几个共产党员最紧急时曾在她家顶楼上避了一个星期的难。当时,买粮食、蔬菜也怕被周围的人看见,因为一下增加几个人吃饭,买多了东西人家看见了会生疑。同样原因,大小便的处理也很费事,马桶要偷偷提出门去倒,怕被别人看见。他们一家人则日夜放哨,我们的同志走时,也是一个一个地走,由他们一家放哨,发暗号。当她谈到买菜、倒大小便等麻烦时,我已有八成判断这是真的了。因为如果没有亲身经历过,不要说这样一个老实的老年妇女,就是一个老牌特务也不大可能编造出这样的故事来的。最后,经过长谈后我已经判断她说的不可能是假的了。问题只在这些人是不是共产党地下党员,还找得到不?我说,你安心,只要事情是真的,就一定会弄清楚。

二、借钱一事。据她说,解放前还有其他党员向她丈夫借过钱,这次她丈夫仍然以为是借给共产党员的,谁知他们是反革命,因此连累了丈夫,现在说不清了。

于是,我再直接找她丈夫朱某本人谈话,他开始战战兢兢,什么也不敢说,反而由我提出问题要他证实,他才谈了一点。我问他,在你家避难的地下党员的名字你知道不?他说知道一两个人的名字。

对于这段谈话的开始几句问答,我想在下面写出一小段,这并不是写小说,而是可以说明一个问题,即接连不断的各种形式的政治运动，会使人的心理状态变成什么样子：

我问："朱某某，解放前你做过好事嘛，为什么不说？"

朱答："没有！没有！我是反动资本家，我有罪，我有罪。"

我说："今天我不问你有罪没罪，这个问题暂时不谈，今天我只谈你有功没功，在困难的时候，冒着危险帮助过什么人没有，我们是永远不会忘记的。"

朱答："你说的是……1948年……？"

我说："对！就是那件事，国民党抓人最紧张的时候，如果还有别的事，一齐讲更好，越详细越好！"

他保护过的人，有名姓。组内说，何处去找？我说，不难找，这样的地下党员不多，去找市总工会、市委组织部都找得到的。于是就由30岁的工人费全法同志去找，到市总会一查即得。曾经掩护地下党员一事，我们查证了，完全属实。我现在记得，其中有一个同志1965年好像是在上海浦东高桥化工厂党委内任比较负责的职务；另一个同志在市某公司也是做一定的领导工作（以上记忆，第一个比较确切，第二个可能稍有误）。

第二件，资助反革命问题，很难确证。因为，这是朱某主观上认为对方来借钱就一定是共产党员做地下工作的需要，难于判断真假。我们有浦东游击队是千真万确的，国民党有没有我未深查。

我们把他解放前的这段功绩连同外调证实的材料放进了

他的档案袋。当时曾提出研究应该摘去他的“现行反革命分子”帽子了,但牵涉到政法部门,工作组无权决定。后来是否摘了我也不知道。我们当时工作没有做到家,未把问题完全落实到底,是个遗憾。但看来,两顶帽子都值得研究。既然解放前不久一家人能冒着生命危险保护地下共产党员,怎么会一解放就去支持反共地下军呢?揆之情理,说得通吗?断一个案子,是各方面都应该周全考虑的。其次,他去望望原来属于他的机器,也有可能是出于关心,不一定据此就称他为反动资本家——而且他也不只1962年去望过,以前也去望过的。我所在的装订车间近二百人,情况相当复杂,因为它是由几十家个体装订作合并而成的。而我当时实际上还是一个具有某种特殊“身份”的人即“摘帽右派”(不过上海当时在石西民领导下的宣传出版部门领导并未如此对我)。

我在这个车间的“四清”工作组内,是处于一种很奇怪的地位:名义上我不能接触档案,但在开会汇报情况时,我可以参加分析,提出意见和办法。小组同志们全都很尊重我,从不把我当外人看。随即我又被指定为这个车间工作小组的“材料员”,于是我便合法、正式、全面参与这个车间清政治、清组织的工作了。审查的对象有四五十个,最后做了书面结论的大约有三十来个(其余的是没有必要做什么书面结论的)。我看了这些作为审查对象的几十个人的全部档案材料,协助全组对每个人提出他的问题所在,调查(包括反复地调查)的方案和计划,参加调查材料的分析,同被审查者本人的反复谈话,最后讨论能否做结论以及应该如何做结论等。问题弄清楚后，这三十来个人的结论全是我一人起草的。正因为我参与了每一个人的全部审查过程，因此基本内容我至今仍然记得。奇怪的是全部被认为或被怀疑为有大小政治问题的三十来个人，最后都一一弄得清清楚楚，一个人也没有什么称得上问题的问题。十年浩劫开始时，说要拉我回工厂去批斗，叫做执行了“资反路线”：保护少数人，打击一大片。我说，我不怕，我可以把几十个人是如何被弄清楚的、如何做出没有问题的结论的经过全部当众讲出来。那时被硬制造出来迫害一大批中央领导人的所谓“资反路线”，被强加给他们的罪名，是所谓提出和执行了“镇压群众”的“白色恐怖”路线。因此我不怕，因为我没有镇压过群众，我只保护过群众（包括无辜的干部）。一位前工作队的副队长怕我被本单位的某些造反头头借刀杀人，把问题故意扯到我是个什么“分子”的问题上去，把我搞死，他替我挡住了，说“他是个普通队员，不要斗他了，有什么问题由我们负责吧！”但我们单位的“造反派”先锋们仍逼着我交代，我是如何“血腥镇压”群众的——当然，他们讲这些话时，也是信口开河的，因为他们大多数也是在张春桥等的强大压力下干的。于是，我只得向他们写了申明书，说，那三十来个人的结论每个字都是我起草的，如果我把有政治问题的人说成没有政治问题，或把没有政治问题的人说成有政治问题，我不但一定负全部的政治责任，而且负全部的刑事责任。我照人头一个个地写了几万字的材料交给他们。他们大概根本未看，只是在大字报上骂我是“社会渣滓”、“不齿于人类的狗屎堆”，“走资派”要我参加“四清”，完全是为了搜罗“地富反坏右”,为复辟资本主义作组织准备,这是一个严重的政治阴谋,必须追查到底等。就这样,虚张声势地闹了很久。但是我拼着性命来为几十个工人解脱种种政治怀疑的冒险行为,却永远在我的头脑里记忆如新。

反右记幸

楔　子

1957年反右运动时,各个方面都先有一两个或三五个代表人物最早登上《人民日报》,作为斗争样板与主要批评对象。反右运动中,我则作为共产党方面的第一个斗争对象登在《人民日报》第一版上,标题是方体比粗大拇指头还大一点的黑体字,名曰《曾彦修腐化变质》。我一直未看它,因为登了报比法律还厉害。在那时,这类东西即是“最高指示”,越去辩越倒霉。我在这里也不会去全文影印或引用它。为什么呢?是不是我自己不敢引呢?中国的许多运动往往都是这样的:被批者在若干年后一点也不怕拿出他被批的原文示众,而批判者则几乎很难有人再敢拿出他的批评词来公开的。简单一例,如当年批判胡适,现在谁还愿意把他批判胡适的作品再公开呢?关于划我右派的这条消息几年前有人复印下来给我看了。看后,我更觉得这条消息太有趣了。我举一事即令人觉得奇怪,如报上举出的批判发言者中,没有五人小组中的其余四人，即王子野、陈原、周保昌、谭吐；也没有在我单位的老资格、老专家张明养、史枚等；没有著名编辑戴文葆、王以铸、刘元彦、殷国秀、林穗芳、杨瑾、沈昌文等，也没单位的领导骨干范用与后来长期的主要负责人张惠卿、薛德震等，这便可见这个批判的基础为何如了。

1960年至1978年夏，我调到上海辞书出版社工作（其实我什么也做不了）。在这若干年间，人民出版社来过上海的陈原、谭吐、周保昌、范用、张惠卿诸负责同志都到我家来看过我，陈原是晚上9点以后，由其他单位同志带到郊区最边上我家来看我的。我感到特别感动。谭吐除了来看我，第二天还约我一同参观了西郊动物园。范用、张惠卿来看我，都是在上海辞书出版社办公所在的花园中立谈甚久的。中央出版署长陈翰伯到上海要见我，被推掉了。这充分说明一个问题：一个反右派下来，人民出版社的其他上层人物竟没有一个同我有丝毫隔阂，关系反而比1957年反右以前更密切了。

更特别的是，"文革"初期（可能是1967或1968年），当时据说是人民出版社"文革"中的两派，均有人到上海来向我调查。先是来原出版部一科科长张中礼同志。当时我在上海的单位的造反派，是属于张春桥、王洪文的"工人造反总司令部"下属的一个小造反司令部，来势猛烈得很，规定外单位来的外调人员，只能在本单位的造反派的监视之下方能谈话，而我则已升到"刘邓黑司令部派到上海来的坐探"的高位了。但北京来人从他们探得我的住址后，就说，他们今天另有调查，改天再来。于是，这位张中礼科长就在星期日到我家来看我。始终未谈及“文化大革命”一字，问了我的生活情况及健康情况，闲谈了一个上午就走了。不久，又有一个女同志来，高个子，据说是人事科长或副科长，同前面那位同志一样，到我家来表示一下慰问就走了。

以上情况说明，经过“反右”后，人民出版社的同志竟然没有真正斗过我、骂过我，反而几乎全部站在同情我的立场了。名义上“斗”了我大半年（其实作是做做场面的假斗），内容除了我对本单位黑板报上已公布的谈话外，其他似乎什么也没有，其实全是走过场，完成做戏任务。

此种情况我说了也不会有人相信，所以我就六十几年不说一字。现在我看见人民出版社新出的2012年10月纪念戴文葆同志的文集《光辉曲折的编辑生涯》一书中，有殷国秀老同志的一篇《沉冤终于昭雪——记我参加查证戴文葆同志的两段经历》长文，其中除最主要的经过复查后，又当面由两人去请示过北京市公安局长，完全肯定戴应属于“一风吹”，即再度肯定1957年内部肃反中“五人小组”对戴做的已无任何历史未清的结论外，还有一段提到我的右派问题。殷文中说：“1979年上半年人民出版社像全国一切部门、单位一样，奉命成立了1957年右派问题复查小组，共四人参加，殷国秀任小组长。”“我们四人为了搞好改正右派的工作，首先认真学习有关文件，把二十余份文件分了工，并把曾彦修的事例作解剖，因为他是人社的第一名，又是第一位登在党报上的，影响大。我们原以为难度也大。杨柏如同志负责‘研究’，他很快就写出了初稿，没有想到曾彦修的问题很简单。划为右派的唯一依据就是登在我社内黑板报的答记者问,我们仔细用划分右派的六条标准一一对照,哪条都不沾边,一致同意改正。”我完全知道我的档案里划右派只会有这一件“材料”。此外,不可能会有别的“材料”。因反我被划“右派”前后约大半年,我根本就未见过和听到过别的“材料”。这件材料就是当时由中宣部不定期的印发全国县以上党委的一种16开4页的大字简报材料,大体上是各界人士的文章摘录或某个发言的摘录。而我的这个黑板报发言占了《宣教动态》一整期。除此而外,在运动及平日的言行中,好像始终没有什么大字报。有人曾问及为什么把曾某人第一个登报呢?似乎条件很不够似的。我以为是考虑得相当周到的。总之,要有一个人顶这一角。第一,不新不老;第二,不高不低;第三,名与不名;第四,文化领域。凡此,我较适宜,此中奥妙,非世人所能理解,往往以为我是江洋大盗,无恶不作了。

此事以后在社会上传说不少。虽不大确切,但都是有利于我的。最主要的是说我在主持划右时,因名额总是不够要求,最后只好把自己加进去充数的。其实不是这样,是我以“五人小组”组长身份第一个向上级书面自请的。过去我为什么对此事几十年一字不谈?第一,我单方面的话无人相信,不如不说。第二,我要说了,反而不利于报上登出的那些发言者,因此,今天仍不去引用《人民日报》上的那个消息原文了。因为那上面有好几个被动员出面批判我的人的名字。事过境迁,没有必要再同人过不去。中国过去的那些运动,事过十年八年,尤其是二三十年以后,多半不是当时被斗争、戴帽等等的人怕人知道，相反，是那些积极参与这个革命、积极参与整人的人怕人知道。全国如此，无一例外。这楔子太长，下面转入正题吧。

一 为什么是“幸”

有些知道一点情况的读者会说，你要记什么“幸”呢？你这是故意胡说的。你不是一个被打中的人吗？上了《人民日报》一版二级黑体，知道的人并不太少的“右派”吗？有什么“幸”好记呢？我说，真是幸，而且很幸，这是真心话。原因是，1957 年时我是人民出版社（包括三联书店、世界知识出版社）反右“五人领导小组”的组长（不设副组长，有意集中权力）。如果不是在反右前先反了我的“右”，那么，要我把革命先辈谢和赓（白崇禧秘书，老党员，后留美，1957 年年初回国）、邹韬奋编《生活周刊》时的老助手史枚及其他饱学之士与工作模范如戴文葆、王以铸、彭世桢，以及年轻而能力强的刘万钧、工作十分埋头苦干的总编辑室主任吴道弘这些同志打成“右派”，倒真不知会出现何等局面。现在如果去问还健在的当时的某些老同志，如果曾先不被打，要叫曾去把上述诸人及更多的人打成右派，将会出现何等局面，是能够想象的吗？人民出版社的“反右”，根本上是由上级一高官来执行的。

1957 年落网的人，大致是三类。一是对单位某一具体小事提了点意见的人；二是对带全国性的事情提出过任何意见；

三是对苏联在中国工作的专家提出过任何意见的人。如果触及了上述三点，那就难免了。像清华大学水利学教授黄炎培之子黄万里（其胞兄在解放前不久在上海被国民党杀害），只不过提了河南三门峡的水闸是建不得的（建成后不久，就又赶紧再行凿通），就被划了右派。有的地方则几乎恨不得把全部所谓知识分子都划成右派，如《湖南日报》的编辑部，打下的"右派分子"占编辑部人员的50%以上。有的则完全是什么事也没有，上面分来了"右派"名额，催得又紧，于是，便不得不拉人凑数（见过一材料，是湖南湘西南一偏僻山区穷县某区小小的邮局，从长沙去支援山区的一女中学生，说终年在山区挑担送信的民工太苦了，是否可一个月给他们加几毛钱工钱。就是这样，她被定为"右派"，说这是在煽动群众反政府）。

我们单位的反右规模算是很激烈的、规模非常大的，有什么政治性的意见没有？一句也没有。我们批评过哪位高官没有？一句也没有。

像1957年那样九、十级地震式的反右派运动，没有被打成右派的人固然是大幸，像我这样被提前一点反了右从而免掉了我去发号施令去打他人为"右派"，其实也是大幸。在我尤其是大幸。再不去打他人了，这不是大幸是什么呢？

身为一个负责人，在1957年能够免于去打他人为"右派"，这不是大幸是什么呢？在"打人"与"被打"之间，无意中得到了后者，这不是大幸又是什么呢？

二　我单位哄闹了些什么事情

1957年4月中央整风决议公布，号召群众帮助党整风。这次的整风口号，有一个好像是反官僚主义，霎时各较大单位尤其是所谓知识分子较集中的党政单位、政法单位、民主党派、教育单位、科研单位、文化单位、新闻出版单位，均热闹起来了。

这次整风，有一个重要内容，是对本单位的党政领导提意见。这样一来，各种大大小小、以致鸡毛蒜皮的意见，都写成了“大字报”，把几乎全国大大小小的单位均贴得铺天盖地。人民出版社（当时三联书店、世界知识出版社是人民出版社出书时所兼用的两个名义）也是一样，大字报满墙满院，全是琐细的、非政治性的内容。绝大多数是出于不得不响应组织的号召，不能不作的表态，我记忆中似乎没有任何带政治性的。而且，对负责人王子野、曾彦修二人好像一张也没有。都集中在两个问题上，而且是非常激烈非立即解决不可的，一个是对新转任××科长的×××有非常激烈的意见，要求立刻撤职等，非加以处分不可。大字报主要是针对他的。我们坚持上面的规定，一切事情的具体处理均要留待运动的后期。一波未平，一波又起。某一部门领导者被女同志具名贴出大字报，说这位上级同她谈话时，说了极不礼貌的话。这件事情在社内竟引起了千丛怒火，简直像原子弹爆炸了似的，大字报如火如荼。但这位同志始终坚决否认有此事。因此，全社就为这事闹成了一片火海。大家叫此二事为“×、×事件”。这些，看来都是在借题目做文章，但如此前后闹了恐怕有两个月以上。

我看见如此闹下去，长期呈胶着状态，又没有一件正经事，觉得不大像样，十分紧张苦恼。这时，单位的黑板报编辑张君要为此二事来访我，我就对他谈了一通话，希望不要胶着在这两件小事上。我无法食宿，想立即辞去一切职务。

三　田家英的暗示与我的愚拙

我觉得做一个小单位的头头很麻烦，什么都要你负责，你又什么也不知道。这时有一个进城后新成立的中央政治研究室，规模很小，由陈伯达任主任，胡绳、田家英任副主任。我就连写了两封信给田家英，表示愿意到他们那里做一个普通工作人员，不管时事（之前，我已推荐一位长期留美归来在人民出版社发挥不了她的长处的黄绍湘（女）同志到他处工作）。一天，田家英到人民出版社来了（他因出版毛主席的编著事，经常来，不过这次只他一个人来）。办完事后，问我家住在哪里，答甚近，他说到你家去谈吧。他告诉我《人民日报》的情况，邓拓已被撤（由吴冷西去代），并被毛严厉批评为“死人办报”等。并说，人员现已停止调动，你现在不可能转地方，并暗示了说话小心点，少说一点。据我看，当时他似乎也并不知道未来接着就是暴风雨。我则未领会到田有侧面叫我少说话的意思。上世纪 90 年代，在《炎黄春秋》编委会上，李锐同志几次提到，说他同田家英几次晚上在中南海外小摊上吃小吃时，田几次对他谈道，“叫他不要讲，他还是要讲！”田这次来人民出版社，似是有意的，因他每次来，都有一个助手一同来的，这次却是一个人来，而且是到我家里才谈，自然有预警之意。不过，我如木头，确未认真领会到。

田在我家谈的，无非是现在情况很紧张，说也难，不说也难，主公（指毛，田在一些人面前多称毛为“主公”）要邓拓大放炮，邓不敢，所以立刻就换。目前形势紧张，你单位里那些小事不要紧，下面会怎么变化，难于估计，总之，稳重点好。

其实，后来我讲了什么呢？我什么都没讲，只不过讲了几句冠冕堂皇的、我认为是百分之两百保险的“普通话”，丝毫也未考虑过这些应景话会闯大祸。

四　我的全部罪状

——与本单位黑板报编辑的谈话

单位为上述二事闹得地覆天翻，明显的是借题目做文章，抒发不满。但上级催着要的不是这些材料——这些材料是一个字也没有向上汇报的价值的。如用这些上报，非挨骂不可。因此，我不能不希望大家也谈一点重要的政治、经济、文化问题，不能全是琐事。人民出版社“大鸣大放”了两三个月，就“放”出了这么个所谓“×、×事件”吗？这是根本无法向上面汇报的。此时单位黑板报一编辑要访问我。我想正好。我对他谈了个把小时，中心意思是：人民出版社鸣放了两三个月了吧，全是些鸡毛蒜皮的小事，未及本单位几年来的工作方向、质量及应如何改进之类的问题，更未出我们单位范围一字，这不是中央号召全国整风的意图。谈话中我开头大而化之，说了些空洞的政治大话，大意是：中央号召全民帮助党整风，是要解决全国、全党的问题，总结历史经验，改进工作。我说，历史的经验教训实在太重要了。离我们最近的历史经验教训，就是国民党取得政权后留下的教训。我说，国民党1927年取得政权后，开始一两年、两三年，人民对它还是存有希望的，希望它同旧军阀政府有所不同。可是它很快腐败了，人民对它也很快失望了。特别是1931年九一八事变，日本强占东北后，蒋介石完全采取了不抵抗主义。以后民族危机日深，蒋政权对日一直妥协，相继订立《淞沪停战协定》《塘沽协定》《何梅协定》等，对日完全投降妥协，全力镇压抗日运动，始终把全部军力用于剿共内战。另一方面，官僚资本越来越发展，国家财富渐纳入四大家族的控制中。因此，全国人民对它就由失望渐渐发展到要打倒它了。抗日战争后，是它复兴的好机会，但它的贪污腐败更甚，胜利后接收变成“劫收”，发动全面内战，因此，这次就被人民彻底打倒了。我还说，我们共产党是会接受历史教训的，杜甫诗：“在山泉水清，出山泉水浊”，我们是“在山泉水清”，出山泉水也是清的，只是似乎没有农村根据地时代那么清了，所以要整风，要接受历史教训。因此，希望不要停留在日常的某一个人的某一件小事上，而要放开眼光去关心全国的大事……我们整风的目的，就是要使我们的泉水永远要像在山时一样的清澈。这个谈话约千把字，文稿我看过，黑板报上把它全写出来了。从此，每日观众数百，单位热闹如同市场，简直同原子弹爆炸一样。中宣部自然把全文要去，作为一期全文登在当时的《宣教动态》上（当时中宣部出一临时反映整风重要情况的《宣教动态》，16开4页，登整风中认为很特别的发言摘要）。此前，我记得有一期是专登北大教授傅鹰的发言摘要。这一内部刊物是全国内部分发的。我当即知道命运已定。

虽然如此，但是我的五人小组组长照做，可说相当一个时期表面毫无动静。

五　我知道久久沉默是暴风雨前的沉默啊

如此比赶集还热闹的外单位的人群，有些是有组织地来看我的黑板报，怕有十来天，我知道这下闯下了滔天大祸。我引用杜甫"在山泉水清，出山泉水浊"这两句诗是可以作多种解释的。从谈话全部语境来看，是好意；但如孤立去看两句，那就说不清了。此后相当长一个时期，毫无动静。其间有几件可记的事是：

1. 我这"五人小组"组长照当不误。时间恐怕又有一个多月。

2. 我请求开了两次支部大会，我检讨，诚恳地承认犯了不可饶恕的错误，请求给予"留党察观"二年的处分。会开得很沉闷，无什么人发言，即发言也只是说错误严重等，未提及任何处分。第二天又开会，这次会快结束时，我单位唯一的抗日战争前的老党员周静同志起立发言，周是苏州人，仍是轻言细语，不过他说了这事特别严重，应该开除党籍。我心里这才松了口气：究竟是老同志，能够观察大势，所以他不得不讲这个重话。我一颗心落地了。因为这个会上级不知道有多少人来观察旁听，如果没有周静有意发表这么一个关键意见，情况就严重了：从“五人小组”到整个党支部都包庇曾某。如此，单位的集体领导要受处分，“五人小组”要解散，要由上面另行组织工作队来领导运动。那就麻烦了。

3. 还有另外一个更重要的危急因素。前已述，这时期我的“五人小组”组长的名义与实质均尚存在。例如，一次开文化部所属大单位“五人小组”组长会，文化部各司局长以上大多参加了。文化部副部长、党组书记钱俊瑞讲话动员，他讲了一情况，是关于我的，是《人民日报》某天头条一长新闻，中有一些小插曲，其中之一，是讲人民出版社曾彦修的，还望了我一眼，说毛主席发言了，说人家说你们文化部是武化部了，你们还不敢吭一声，我看你们连半点武化也没有。钱又看了我两眼，但我觉得他同平常一样，没有任何敌意。其余的人也集中望我，我只强作镇静，装作没事。其实心里已准备了：这次最好的结果是被捕后长期劳改。

这个“文化”、“武化”是什么意思呢？在《人民日报》的一个座谈会上，我批评文化部副部长陈克寒说，我来人民出版社不到一年，他就两次叫我写书面检讨，我没有做；我还知道，他也要过金灿然写书面检讨。他简直是把文化部办得像个武化部似的。那时大报的唯一任务，就是套出几句尖锐的话，再加以改装，标出耸人听闻的标题，这是它们唯一的任务。此消息的二级标题是:“曾彦修说:文化部是武化部”。后来上级给我的处分,仅仅是“右派”,而非极右,又非逮捕,实在是比我预计是轻之又轻的了。

这个时期,毛个人名义写的内部通报,我还是照样收到(上面是否有只限本人阅读,我已记不得了),现在已公开的几件,我均看到过,如“右派”可以大大突破百分之三总人数的规定等。但是,有一件我记得很清楚,至今我似未见什么地方提到过似的,是说右派分子都是一些吃人的狼,这次非打断这些狼的背脊骨不可,要使他们永远站不起来。并且特别指出,对有些右派分子就是要揭发他们祖宗三代的丑事。我记得很清楚,还举了具体的例子,说对龙×就应如此。

六　我起草的上报的右派名单——我本人在其中

反右运动已如火如荼,我们单位已落后了(原因后来我明白了,是在长期作我的右派充分准备了)。上级对我的事久久未表态。我们“五人小组”不得不开展具体的反右派运动。但是我这个“五人小组”组长的名义,并无任何撤销的信号,一切表面现象还得照样维持下去,记不太清楚了,可能我还在单位里做了两次反右派动员报告。上级要我们上报“右派分子”名单了。此事还是由我主持。“五人小组”讨论了两三次,名单由我提。我提的是三个人或是四个人。具体的是张梁木、伊炎、曾彦修,是否有第四名,甚至第五名,记不清了。

就在报曾的问题上卡住了。王子野、陈原、谭吐、周保昌均不赞成。大概是第三次讨论了,我还是坚持要把我报上,说《宣教动态》已发往全国,不会变了。这时右派名单是否又增加了一二位,变成四五位,我已记不得了。讨论久久不决。下班后,大家都走了,我们五人还在讨论。他们几位希望上面还不一定对我已做了决定。我的估计是,不可能避免了。凡运动,越后越严重。我想,我是头儿,自己报上了,是否可以松一些呢?是否一个可以顶几个呢?最后,是谭吐说了话,他说,这么长久拖下去问题更大,就照彦修说的报吧,这样或者还可以宽大一些。

就这样,我就自己写了并呈上一个简单报告,右派是三人、四人、五人,我记不得了。我的名在首或末也记不清了。这报告当然是极端保密的,现在当然还有档案。具名规定是“五人小组组长”,而不是“五人小组”。

这个报告上去以后,又是一个时期没有动静,恐怕有两周或两周以上的时间。我仍然担任“五人小组”组长。单位已经沉寂下来了,知道问题已经转到曾某身上了。真是暴风雨前的沉寂,度日如年啊!似已在先斗谢和赓。谢是老党员,抗战初期任白崇禧秘书,因此,白收到的一切密件,均先通报与武汉中共代表团。不久,谢又留美,好像是白崇禧派出的。在美参加美共活动,与党员电影演员王莹结婚。1957年被美国驱逐出境。回国不久,即正式调入人民出版社,旋即遇到整风。当时上面怀疑他,指示单位批斗他,此事我全不知道。斗他时,也多带逼迫性质。谢说,美国中央情报局找我谈话时,全是客客气气的，开口谢先生，闭口谢先生，哪有这样野蛮粗暴的！于是，谢越这么说，对他斗得越厉害。

我是等待对我的事情快揭晓，天气闷热，度日如年。我懂得，拖得愈久，来势愈大。但是，即便如此，我也丝毫没有想到来势会猛烈到我无论如何也意想不到其中十分之一的程度。

七　忽一日，全面宣布，来势猛过“文革”

1957 年的 8 月（记不清了，可能是）某日的 7 时半左右，我同平常一样坐着三轮车（我当时右腿有关节炎，走路困难，只能在室内走走）。从人民出版社后门进入人社后面的空广场（好像做了半个篮球场）。一进后大门，一眼望去，全是打倒我的大标语口号与大字报，最大的标语的字有一些比“文革”时还大，例如“打倒大右派曾彦修”，每个字直径怕将近一米。四围墙上全是这类标语与大字报，已经没有空隙了。往屋内走，也是三进院落的所有墙壁上都贴满了打倒我的标语和大字报。没有人同我打招呼，但当面见着我的人，都只是有点惊慌，全无敌意。我觉得一切已经揭晓，比久久吊在半天云里反而踏实下来了。我一张大字报也没看，也根本没有人要我看。现在想来，这些标语、大字报规模要多少人准备多久才行啊！这些都像“芝麻开门”一样，一下就出来一个神奇世界。显然都是利用一个星期六晚上与一个星期天一天布置成的。事先我看不出在本单位有丝毫动静，至今我也不知道这些东西是不是外单位准备的。不过，说实在话，我始终没看过一张这类大字报,也始终没有人要我看。

事后我才知道,早晨7时的早间新闻广播已广播了这条消息。人社有些同志已听过,但他们也没料到,无论进前门后门,都会有这么大规模的标语和大字报。

当天的《人民日报》在头版的第二条部位,用大黑体发布的一条消息,标题是《曾彦修腐化堕落》,我也一字未看,至今未看过。我还觉得这标题对我很好,因为认识我的人一看就绝不会相信。本世纪初,有同志把此版面复印与我,我还是一字不看,并说,我不会看的,丢掉了事。来客把具体内容仍一一告诉了我。我说,这"腐化"二字如何做文章呢?对方告诉我说,这是说你"政治上腐化"。

此外,有我的右派新闻与大照片在全国贴,据说还有新闻影片。这些都是多年以后有人告诉我的。我说,贴了人家也不知道我是谁,全是浪费。

我想,我比起监察部长王翰、浙江省长沙文汉、文学界老前辈冯雪峰、丁玲这些人物,算什么呢,一颗绿豆也不够。但这次是作为中共划右第一个见报的。后来有人戏说,你当了黑状元。当然,我有那个对本单位黑板报编辑的谈话的现存材料,这恐怕才是根本原因。

这一晴天霹雳,广播、报纸、新闻、照片一齐出动的大歼灭战,一朝爆发之后,我倒反而完全平静下来了。司马迁的话"人固有一死,或重于泰山,或轻于鸿毛",我这次就只好轻于鸿毛了。人到无望时,反而会感到轻松一些。

反右中,我的全部罪行好办得很,无须内查外调,全部就在中宣部那一期《宣教动态》上。此外，反右中从头至尾，确没有其他任何事情。关于我的新闻全文不长，我为什么在这里一字不引，是不是不敢公开呢？完全不是。那上面列举了一些人对我的批判谈话要点（没有王子野、陈原、范用、周静、张惠卿、薛德震等），再印出来是伤人面子的（中国有不少运动都是如此，被批判、揭露的人，他本人倒十分欢迎公开对他的批评揭露，但要求不要公布这些批判资料的，反倒是当时的批判者。这事不仅政治批判如此，而且学术批判也差不多。例如，对胡适的批判，对俞平伯的《红楼梦》研究的批判等，恐怕都不是被批者不愿意，而是批判者不愿再提那些文章了）。

对我的批判，我知道必然是长久的，不如此便是右倾。但对我的具体批判如何能长久进行下去呢？我看更是难上加难。但我不能不合作，不合作，我也会更吃亏。于是，我便利用我对马克思主义历史的一点零星或耳闻的知识，再找些书来翻，每过十几天交一份检讨报告，把自有第二国际以来历史上著名的领袖和人物如伯恩施坦、考茨基等一批的所谓修正主义思想，他们有什么我也都有，很同情等。这等于我出题目，让批判小组拼命去找材料，写批判发言稿，然后开批判大会。所谓批判大会，也是下午3时才开，开幕词，喊口号……半个钟头过去了，于是，一个人起来发言，批判我的“反革命修正主义”思想，之后，又是一阵喊口号等，就散会了。其实是我在出题目，让批判组做文章。那些被批判的内容，我哪里知道啊。但如此合作，就可以把批判延长几个月，开好多次会，上报的材料也就有了。其实，我知道，对我的审查、批判，都是不得不做的形式，因为我的"专案组长"是陈原。陈原是个学者，素为我所敬佩，他又是新党员，我一看就知道这只是形式了。过几天他就问问："某某某，你的检查报告该交了！"如是我十来天或两个星期交一次检查报告，互相配合。到了1958年三四月间，单位由东总布胡同搬到朝阳门内大街了，全部乱糟糟的，对我的批判也就自然慢慢地无疾而终了。

批斗了我一阵之后，人民出版社才开始反右派的面上的批斗，我一次会也未参加过。据说，这个批斗是文化部某副部长来主持的。如果由我来主持，要我把谢和赓、史枚、戴文葆、王以铸这些人划成"右派"，并将戴文葆予以逮捕，这个结局将会是怎样的，我自己也无法想象了。

1959年国庆10周年纪念。反右派两年多了。这时中央决定在全国为一小批"右派"摘帽子，并规定在当年9月30日在各地宣布。北京也是如此。根据当天的新闻，全国性的名单宣布了，大体上是各党派举出两个人名，由新华社公布。其他党派与各界名流是哪些人，我记不得了，但共产党的两个，我记得很清楚（曾彦修、彦涵）。9月30日下午开全社大会，喜气洋洋。由王子野宣布并致词。王十分高兴，出之自然，宣布后也只是讲了些希望。这时，××科长×××也自动上台发言，又大骂我一通。因为，人民出版社内早有一秘密传说：群众怕××科，××科怕曾××。说实在的，我把××科抓得较紧，不大支持太越权了。

顺便说一句，大概是1984年或1985年，我多次收到新闻出版总署人事司给我的电话，要我到他们那里领回我的"材料”。两年催了无数次，我至今不去领。那时，从我的住处上下无轨电车5分钱，就从我的门口到他们的门口。但我始终未去。又一次，我说不要紧，留着下次少写一点。根本上是由于解放后一切运动中我写的一切“材料”，我自知没有一字是损及或揭露他人什么的，此线我绝不会逾越。我可以骂我自己一百次是乌龟王八蛋，但我绝不会说一次别人是小狗、小猫。这条界限，我一生未逾越过。领回来“材料”还要销毁，很麻烦，就不去领了。

八　又忽一日，大祸临头，形同公审。×× 最高出面，经当场回答，从此一字不提

在开了我多次批斗会后，可供批判的东西也渐少了。这时忽然对我发生了一件万分危急的凶险事。这不得不从头说几句。

先是，我的批斗会后期，在我单位的后空场上，出现了几部带篷的大卡车与两三部中小吉普车，地面上则放了电缆、探照灯、发电机、汽油桶一类东西。谁也不注意它是干什么的。忽一日，大概是10月底前后，下午1时左右，单位几位同志叫我同他们一道走。出来转弯即走进那个铺满电缆的靠边小道。忽见一大礼堂似的建筑，我是初次到此。快到时，边门外已有几只闪光照相机对着我“啪、啪”不停。里里外外都有打倒我的大标语。进门一看，不得了，坐满了人，两边探照灯从高空往下射，十分刺眼。照相机、电影摄影机“嗒、嗒”不停。

我明白了，今天是公审我的大会了。我被引到头排当中坐定。台上主席团一横排，十来人。记不得有谁，只记得有陈原。全场毫无声息，一张纸掉下地也听得见。大家看这阵势，都以为今天是要处理我了。会场坐得满满的，大约千把人。我坐下后，大会立即开始。大会执行主席说，今天的大会由最高……的××司长（或更高的官名，记不得了）发言，控诉右派分子曾某某在广州的罪行。问题的严重性在于：他是代表××最高的啊！这一宣布，引起台下一阵很大的骚动与不安，估计一切都完了，今天已是最后一幕了。我倒是一听就无法自抑地发出了轻轻一笑：何必还要把自己不美妙的事拿出来示众呢！于是，我立即写一字条呈主席团，请陈原转。我知道不指名交陈原，我这纸条可能会被压下。纸条上说，控告者要说什么我已全部知道。我现在当场即可全部据实驳斥，约要一小时，但恐有泄密之处。如不能发言，我请求散会后立即听我述说约一个半小时，以免我有编造假话的时间。我趁交纸条返回座位之机，对全场很镇静地张望了一下，以示我并不紧张。

这位执掌生死大权的控诉人，原来就是1951年4月下旬半夜后见到的那位处长，我不听也知道是怎么回事了。我在想，一会儿我回答时要牵涉到一系列的证明人名，这要想一下，如果说不出来，发言就减少力量了。果然想起有一位中共中央华南分局办公厅主任林西同志，是想了好久才想起的。这一个多小时我根本不当一回事，我也不写发言提纲，主席台上是看得清清楚楚的。哪知，控告完后，执行主席竟宣布，现在曾××请求发言，主席团准予发言。台下轻轻一声“啊”，我知道他们同我一样意想不到。对于这个决定，我至今不知道是谁下的决心。总之，至今我还是从内心铭感他。我想，现在的读者也会铭感他的。

我于是奉命上台，毫无畏色，我因持手杖，还令我坐着讲的。因全是事实经过，一切宛如昨天的事，一一道出就是。我扼要讲了不到一小时，只把几个关键讲出，群众就可判断了。我讲的内容，就是本书中的“肃反记慎”。

这种突然出现的、如此严重的紧张局面，任何一个公安侦查专家都会知道，这像现代科学测谎仪一样，在这突然袭击的危急状态面前，如果你心虚，你的一举一动、一言一语、声音神态都是不可能完全掩盖你的真实心态的。而我那天的神态，不但没有一点紧张，反而是流露出一种轻松不屑之态，主席团和其他观察人员，当然是会看得清清楚楚的。

会后，我又上书举出一批证明人，上面有叶帅、古大存、李凡夫（时任中共中央华南分局宣传部副部长）、林西（时任中共中央华南分局办公厅主任）、杨奇（时任南方日报社副社长）、成幼殊（女，当时任南方日报社政法组长）。我说，叶帅、古老先不方便去调查，他们大事太多了，不可因此小事去妨碍他们。但可由我写出大事经过，叶帅、古大存只需在上面批几个字就行。

此会后，我不断问陈原，调查没有，情况如何？问了两三个月，陈原回答说：有事情会找你的，你就不要问了。我就知道没有事了。此事从此以后就一字不谈了，我能肯定是去调查过的。

这场虚惊确实非同小可。其实不过是一场小闹剧,告发者完全估计错误了。

大概是1958年六七月,要做具体处理了,开支部大会,在四楼。那天闷热极了。唯一的议程是讨论我的党籍问题,久久的几分钟过去了,没人发言,形势很紧张。我更紧张,因为上面一定要有人来出席的。全场久久无人发言,如何得了。我想这类问题,事先不布置人发言是不可能的。布置谁呢,当然是以周静同志为最适当。实在熬不下去了,又是最老的党员周静同志站起来软软地说了几句话:我看某某人的错误是十分严重的,我以为应该开除党籍。于是,主席趁势收场,立即要大家举手。通通举了手。我也举了手。因为我这回闯下的大祸,在当时的形势下,这是唯一的处理方法,不要再去扩大了。

一个地下党员被人供出后有无不被捕的可能？

——记军宣队一次对我的征询(1971年)

这次谈话有点不可思议。是在“史无前例”的十年中的事情。时间大约在1971年夏,地点是在上海市奉贤县柘林镇附近杭州湾畔的上海市新闻出版系统的“五七干校”中。

这个干校的各单位,都被称为“第×连”。对于一部分人来说(各种“牛鬼蛇神”,包括“死不改悔的走资派”,各种“反动文人”、“右派”……多数是老弱病残,当然也包括我),各种重活、脏活、危险活,都首先是他们的事情。各种花样翻新的“运动”一个接一个,大约从1970年冬起,又开始了整党运动。原来的党组织已成非法的了,谁整谁呢?造反派整老干部。这叫做整党!这个连队约有六七十人,工宣队和军宣队加起来共十几人,不管他们执行的路线如何,我以为在我连前后轮换过的好几十名工、军宣队员中,除了极少数作风不好的以外,差不多都是很好的同志,而工宣队员则很多都是被造反派排挤出来的工人干部或老工人,我至今还非常怀念他们中的很多人。他们进来以后，权力就完全在他们手里了。从我所在的那个单位——上海《辞海》编辑所来说，那是名副其实地从个别野心勃勃的、篡夺了党政大权的造反派头头手中，又重新把权力夺了过来（我得再一次声明，我这只是就我所在单位的具体情形而言，丝毫不涉及对其他任何工宣队、军宣队工作的估计）。整党运动也完全由他们领导，也还比较稳（但是某些造反派还是不断地兴风作浪），虽然他们中的大部分人并不是共产党员（是不是叫“整党运动”，我已经记不清了，或者叫另外的什么运动）。

在我们单位里有一个老同志，他是20世纪30年代初期在北平清华大学参加地下党的。他认识的人中有人被捕过。对于他的个人历史，还有两个比较突出的问题：一是他长期在四川刘文辉先生所办报馆做过负责工作，就说他为国民党反动派服务，做反共宣传，理由是报上有国民党中央社消息，称解放军为“匪军”之类；二是30年代上半期他在北平联系的一个地下党员，后在山西太原被捕，供出了他的名字，而他却没有在北平被捕。于是，这不又很可能是秘密被捕后叛变自首的“根据”吗？这些问题，已由造反派闹了三四年，周游全国，到处“调查”，到了1971年某个运动时又成为重点问题。交代、质问、批判均无结果，审查者说是这样，或“应该”是这样；被审查者说不是这样，因为事实不是这样。

奇怪的是我连军宣队长刘某某（他在空四军基地任地勤排长，放牛、打铁出身，比那个被夸赞为身兼“工农兵”，因双手沾满了共产党人和革命人民的鲜血而一步登天的坏家伙如王洪文，除了革命与反革命的根本不同外，其他方面也不知比那个罪恶家伙要高明多少倍），有天晚上他突然找我个别长谈（工宣队长也参加），征询我对于审查上述这位同志的两个重点问题有什么看法，并说："他们光轰，讲不出道理来，解决不了问题，所以要请你谈谈看法。"此外，还讲了几句客气话。我不能说他的态度一定是很诚恳的，但也不能说他对我的用意一定是在"钓鱼"。这样的机会我当然不肯放过，就是假意的（这类火力侦察，对我来过很多次），我也要来个"假戏真做"，于是我就同他们谈了两个小时，特别把九一八和抗日战争以后的整个形势对他说得较多。

第一个问题，抗日战争和解放战争期间，替刘文辉办报纸的问题。我向他们解释说，抗日战争爆发后，蒋介石的党、政、军、警、宪、特进了四川，刘文辉原有的川康边和西昌地区一小块较穷的地盘，已处于朝不保夕的状态，他同蒋介石的矛盾是生死的矛盾，是有你无我的矛盾，他一直用武装力量抵抗蒋系势力的侵入，更绝对不肯交出他的地盘的控制权。相反，他同共产党和进步力量之间却不但没有当前现实的矛盾，而且有互相联合的必要，这样可以加强他的力量。而我们党组织和进步力量也需要有一个开展工作和必要时可以避难的地方。至于刘文辉这位军人本身则更特别些，抗日战争后我党即有秘密电台在他身边掩护下工作，党派了不少人替他办报，而他也明知有一批共产党员在他手下工作。这是一件很成功的统一战线工作，绝不是什么替国民党反动派服务，也不能说是为反动的地方军阀效劳。至于在国民党区以地方势力名义办报，要完全不用国民党中央社的消息，那还是办不到的，因此这不能算做什么问题。何况前后已经多次查明，他们是用“匪军”的名义透露我军的神速胜利进展的。

第二个问题，30年代上半期，有人在太原被捕供出了在北平的这位同志，而他却没有在北平被捕，这用我们解放后有全国统一的政权、统一的党政军领导的眼光去看，当然是无法理解的。但那时却根本不同，各军阀地方势力同蒋介石中央势力矛盾很深，各军阀地方势力之间也有种种矛盾。通常的情况是：他们之间不但不互相帮助，而且互挖墙脚。太原阎锡山手下人得到这个材料，他不通知北平，这是不奇怪的。正像广州陈济棠捉了共产党也不一定将同案人的名单通知南京的蒋介石一样。而且在当时还可能出现这种情况：地方势力在他地盘内是一定想要肃清共产党势力的，但对蒋介石直接统治的区域，他们却希望那里的反蒋势力闹得越欢越好，因为这就可以减轻蒋介石吞并他们的压力，他们是不会那么无私地效忠蒋介石的。何况这位同志在得到某人在太原被捕的消息后，就到南方去躲避了一个时期呢？因此，这件在今天看来不可理解的事，在军阀割据统治下却是一点也不奇怪的；相反，如果那时军阀团结得像一个人一样，那么我们现在恐怕还没有进城哩。我这一席话，对于这位解放时才几岁的军宣队长来说真是闻所未闻。“史无前例”的十年中，驱使一批十几岁、二十几岁的青年人用非刑去“审查”我们的老同志、老爱国民主人士和老革命家，真是从何说起！

这位军宣队长以及工宣队长在听我的谈话时，还不时插问。这样，他们心中就多少有点数了，不至于乱来。像他这样的人是并不很多的，他能够不一味跟着林彪、"四人帮"跑，对于这么重要的问题，又能不耻下问，向我这么一个"重犯"征询意见，多么难得啊！1973 年后，这位同志因是空四军的人被复员回安徽了，听说是做农民。

附白：陈落（陈国栋）同志告诉过我，大概是 1935 年一二·九运动后，军警直入清华搜捕救亡分子的最紧张时刻，他和另一同学到校长梅贻琦先生家中避过难。近来看见有地下党员回忆，捕人军警到时，他急去冯友兰先生家中避过难。搜捕者来时，冯先生对付过去了。清华教授当时冒险掩护党员的，恐不止上述两先生，此事目前收集资料当然已很困难了，最好有有心人再去收集一次看看，这些暗中做了惊人好事的人，不应该被埋没了：他们在急难中的正义行为，是我们民族共同的光荣。

附录

京沪竹枝词

沪南奉贤县柘林镇外挑菜途中口占

（一九七〇年）

柘林东望海汪汪，五百年前宰杀场。世事于今唯自创，仰视云天泪眼茫。

注：柘林小镇，在上海奉贤县，南面临杭州湾。五百年前曾长期为倭寇据点。

拔稗吟

（一九七一或一九七二年）

拔起三茎稗，吟成两句诗。田中无日月，国事将何之？

田间偶遇

（一九七一或一九七二年）

野老田间遇，均是走资帮。相逢如不识，速别去莳秧。

注：我在水田区的多条泥路上，曾几次偶遇原上海市出版局某局长、处长，又数遇某些出版社社长，颇觉奇异，怎么都当了『水利部长』？彼此假装不识，迅速各走一方，以免引起麻烦。

抬沙一月不通名

（一九七〇年）

勤勤建猪舍，抬沙万把斤。竹杠两边客，自始不通名。

注：一九七〇年到奉贤柘林『五七』干校后，我的本职是专职管水员，但有额外重劳动，连上又派我同时替猪舍工程运料。我的分工是抬料，包括黄沙、碎石、水泥包等。与我共同抬料的人，前后约一月，彼此未通姓氏，以减少麻烦（后听说此君姓金，是一文史专家云）。

田中一夜雨

（一九七〇或一九七一年）

廿载天天斗，人情已似冰。田中一夜雨，无人问冷温。

注：一九七〇年或一九七一年初夏，某晚彻夜有雨，我遂整晚在田间管理放水事。但雨停后如久不封口，第二天又会形成干涸现象。我不得不彻夜在田中管水。次晨，我从田中回住地时，众人目睹，露同情色者虽多，但无人敢问一声辛苦，可见当时社会情况之一斑。

半夜犁田记趣

（一九七一年）

半夜起犁田，耿庸刚出监。我争先上耙，一鞭滚下来。

注：我单位造反派激烈分子，于一九六六年秋『文革』开始不久后，把刚出狱几个月的『胡风分子』郑炳中（耿庸），又重新打为『现行反革命分子』。因此，到『五七』干校后，他是特别贱民，只能终日坐在粪车草蓬中交代罪行。犁田、耙田之事，非我一人所能承担，我便请求将郑也放到田中劳动。插秧前一晚，必须通宵把田耙平，第二天才能插秧。半夜耙田时，我抢先爬上耙去。哪知扬鞭一声『驾』，我立即滚下耙来。为此者再三。最终还是郑厉害，他终于站稳，我只能在前面拉牛了。

秋收小语

（一九七一年）

禾叶满田子实稀，八字宪法见高低。耕田不是玩魔术，宇宙焉受一人驱？

注：一九七一年，在『五七干校』种田时，上面忽又想起一九五八年『大跃进』时之盛事，为了表忠心，又要恢复一些『大跃进』时的做法，这便是强令『小株密植』，在田中拉起绳索，插秧时一定要『纵三横五』，即株距三寸，行距五寸，说这是『农业八字宪法』云云。我和耿庸二人，更是终日在田中手撒肥田粉和手压杀虫喷雾剂不断，其结果自然不妙。据云，每亩稻谷成本为四五百元左右。

杭州纪行

（九十年代初）

美尽江南不敢观，人山人海胜湖山。唯有岳飞静如故，鞠躬礼罢略心安。

注：岳飞，此处指岳坟。

宁沪车中即事

（九十年代初）

宁沪车中举目惊，两边尽是假三层。绿满江南能再否，十年之后食河豚？

注：『假三层』指田中新建楼房，密似繁星。河豚，指此段长江中盛产河豚鱼，味极美，唯血液有剧毒，须整治有方方可食。

谒武侯祠

（九十年代初）

小儿不准尊诸葛，人心向背假装痴。门外堂堂昭烈庙，民间偏叫武侯祠。

注：『小儿』指三国蜀汉后主刘禅。诸葛死后，此子严禁各地奉祀诸葛。成都郊外武侯祠，实非武侯祠，是奉祀刘备的『蜀汉昭烈庙』，诸葛只有最后一配享小殿。该祠印有详细说明此事资料。至今该庙大门屋檐下始终悬的是『蜀汉昭烈庙』的大字金匾。

游九寨沟

（九十年代初）

团团溪水碧红蓝，两岸林丰插进天。百代寂寥今似昔，何处仙乡胜此间？

注：『团团』九寨沟之溪流，均由大小不同、颜色各异之大小湖池、水氹连属而成，与一般溪流迥异，故曰『团团』。或一湖一色，或一湖数色，非『人间仙境』一词所能道出其美妙于十一。

颂孙中山

（二〇〇九年）

国运沉沉久梦酣，狼吞虎扑命如悬。先生一啸炎黄起，从此中华万万年！

注：『从此中华万万年』 指先生领导之革命，挽救了中华于亡国之边缘。之前，只有帝室兴亡之说，而无国家民族兴亡之念。至此，数千年之谬说得以澄清，国家乃全民族之国家，也从此建立起中华万万年之观念。

毛泽东颂

（二〇〇九年）

滕王阁畔展红旗，井冈山上苦支撑。百折千回谁使舵，天安门上国旗新。

悼周总理

（一九七六年一月）

大地凝寒举国悲，鞠躬尽瘁巨星垂。行矣不回周总理，忍睹江山付与谁。

歌朱德总司令

（二〇〇八年）

红军之父久驰名，十六字诀鬼神惊。岁月悠悠人似隐，最惜兰花数百盆。

注：『十六字诀』即『敌进我退，敌住我扰，敌疲我打，敌退我追』的游击战术。多年来报刊引用历史资料，查明这一系统战术，是民国初年朱总在滇军服役时，与大股匪军作战时形成的。又朱总一生喜爱芝兰，居室多有兰花为伴。『文革』发动前两年，破『四旧』，毁园林之风即已贯彻到全国各基层单位（我曾身受，非传闻），朱总之全部据云数百盆兰花也不得不被迫全部撤去。

悼瞿秋白

（一九七一年）

慷慨牺牲易，从容就义难。秋深月更白，诸夏永怀霜。

注：此诗似作于一九七一年秋在上海奉贤海边『五七』干校茅屋内一人值班时。时月色特别明朗，映射地面与沙壤相结合，遍地如霜，遂成上述四句。虽不甚合韵，但尚不特别拗口，听之。秋白同志名『霜』，鲁迅一九三六年为秋白同志出版的两巨册遗作命名为『海上述林』，出版者名义为『诸夏怀霜社』，用意甚深。诸夏，泛指中国。

述张闻天

（八十年代）

先生才德两芳芬，亦曾被赞作明君。庐山昧死陈民苦，『文革』灾来挺一身。

注：『挺一身』『文革』开始后不久，即大揪所谓『六十一人叛徒集团』。张闻天以此历受威胁，要他否认陕北曾批准此项行动。张绝不屈服，但一切直说又多有不便，便始终坚挺这是由他一人复电批准的，绝不改口（因一九三六年时张有此代表权力）。

哀陶铸

（一九七八年）

人人都说潇湘好，其叶蓁蓁树一桃。兼才兼德南中美，敢为敢作世间豪。鬼蜮刀前曾傲啸，林江门下岂弯腰。身为松柏遗书在，岭上梅香处处飘。

注：陶铸同志的家乡湖南祁阳县，在湘江与其支流潇水的汇合处附近。又，《诗》云：『桃之夭夭，其叶蓁蓁』。又，陶有著名散文《松树的风格》。

歌陈独秀

（九十年代）

峻拔亭亭山上松，急风骤雨晚来汹。久倡无产须专政，终和全球民主风。

注：『亭亭山上松』 汉末建安诗人刘桢诗：『亭亭山上松，瑟瑟谷中风。风声一何盛，松枝一何劲。冰霜正惨凄，终岁长端正。岂不罹凝寒，松柏有本性。』

『晚来汹』 陈独秀一九三七年七月抗战后出狱，一九三八年在武汉突被诬为日寇汉奸，一时喧闹甚烈。

咏胡适

（二〇〇九年）

胡适先生胡所思，终身探索胡适之。至死不干名与位，犹是红楼考证痴。

注：『红楼考证痴』报载，先生遗物中，有大陆版周汝昌《红楼梦新证》，并有批注。

悼张学良将军

（二十一世纪初）

将军之墓何处寻？万里涛中一小墩。阅尽古今中外史，何人曾有此奇勋。

颂卢作孚

（九十年代）

一生布服一生清，拳空手赤创民生。最是全拼打抗战，天下何人不颂君。

注：『民生』　民生轮船实业公司之简称。公司以航运为主，总公司设重庆。曾将英、日等航运船挤出四川，并设置渝沪直通航线，第一次打破西蜀长期闭锁环境。又，卢作孚所创办

之事业，远不止航运一事，例如，重庆附近之北碚乡村建设实验区，除多种工矿学校外，又设立中国西部科学院(有地质、化学、生物、农林等研究所)。本人曾是先生创办之北碚兼善中学毕业生，又曾做过上述科学院地质研究所之小练习生。

『打抗战』 四川民间多习称抗日战争为『打抗战』。一九三八年武汉撤退前后，先生亲在宜昌指挥民生公司大量轮船抢运机器、物资入川，日夜不歇。为了救国，决心船尽人亡，令人感泣。一九五二年不幸去世。

歌夏衍

（九十年代）

先生党籍中山荐，十载艰危战沪滨。地下改良新影业，夏公原是信陵君。

注：夏衍，本名沈乃熙，沈端先也是笔名。一九二五年孙中山先生北上，自粤乘舟过日本码头转塘沽。沈以留学生代表登舟向孙致敬。孙即面示沈等加入新改组成立之国共合作的国民党。

悼周扬

（九十年代）

三湘才子多革命，益阳少年周起应。一生坚持新现实，先机后机何厄运。

注：『起应』 周扬原名周起应。

『新现实』 上世纪三十年代上海革命文学界，多将苏联之『社会主义现实主义』改称为『新现实主义』以逃避国民党之书报检查。

『先机后机』 右倾机会主义。一九六六年周扬即被诬为『反革命修正主义』『文艺黑线』之首。八十年代后又被视为『资产阶级自由化』之首。

惜曹禺

（九十年代）

雷雨声声艺界惊，如此天才旷世稀。纵有如君大手笔，巧妇难为政治炊。

哭冼星海

（八十年代）

七载巴黎究乐音，一曲黄河海内惊。国人引领聆新曲，却送神京学圣经。

狼牙山五壮士

（五十年代）

敌寇追来似虎狼，无刀无剑更难藏。纵身一跃岩千丈，如此中华孰可亡！

注：狼牙山在河北省易县境内。一九四一年抗日战争时，八路军有五战士被日寇追迫，枪弹俱尽，退至悬岩边时，壮烈跳岩殉国。

悼焦裕禄

（一九六五年）

兰考尘沙滚滚汹，邑有流亡世世穷。焦君抱病探民苦，终悉流沙附泡桐。

泡桐今日已成林，碛里繁花分外欣。顺应自然来改进，而今禾黍美于茵。
人民牛马数焦君，当代愚公树典型。万事前提温与饱，离此何须作论评。
沙丘遗嘱葬遗身，纵目平芜景物新。三十六万人称颂，绿满沙原泪满襟。

注：以上四诗写于一九六五年报载焦裕禄详细感人事迹之后。时焦重病，任河南兰考县委书记，目睹全境饥寒交迫、流亡乞讨，惨不忍睹，遂以救民为第一，其他『革命』任务暂时不顾。他以重病之身，历访全境父老，寻求固沙良策。终悉泡桐易活，可以固沙，并从而逐渐解决农耕问题。但焦本人则因重病过劳，肝疾而死，县境人心之悲痛程度，非本诗所能表达于万一。

悼田家英

（一九六七和一九八〇年）

侦骑汹汹戚耗传，锦城风雨忽凄然。贾生泉下迎新客：世上于今革命难？

年少英资未足奇，一生奋勉最宜师。书生不解逢迎术，遂为斯民哭健儿。
亩产千钧四海喧，春来何事少
炊烟？乡村遍历容颜槁，但敬人
民不畏天。
伤时忧国太情深，千载文章喜
过秦。口碑独立斜阳里，为君
我愿作驴鸣。

注：第一首一九六七年夏作，余一九八〇年三月作
（均已发表过）。

『驴鸣』《世说新语》『伤逝』门载：『王仲宣（按：即王粲）好驴鸣。既葬，文帝临其丧（按：指曹丕，时尚未为魏文帝），顾与同游曰：「王好驴鸣，可各作一声以送之。」赴客皆一作驴鸣。』此处指沉痛而不拘形迹。又，『遂为斯民哭健儿』是鲁迅悼杨杏佛诗中的一句。一九六七年（或一九六八年）夏，一批抓『叛徒特务走资派』的小分队，自外地来沪找我外调。答以某君之事我知甚少，转介十余人。俱云：『一个也不能见了。』再告以田家英，回答更是如雷轰耳：『田家英早已死了！』（原话当然比这难听得多）当天，我即在牛棚中一面请罪，一面思想开小差，偷偷地吟成了上列的第一首诗。我于一九三七年暑期中初识家英同志于成都，故有『锦城风雨』之句。

家英同志聪明特异，记忆力之强，尤所未见。于古诗文之短篇佳作，均是过目成诵。其最喜背诵者，为贾谊《过秦论》，如此长文，随时背诵如流，一气到底。知此情形者，当不止一人。我与家英同志在抗日战争及解放战争年代，曾四次同住一间小窑洞，孰知其晚间每以背诵（从来不用书，全部是背诵）古诗文为乐。其背诵古诗文时，豪放与目中无人之态，憨然可掬；『何哉？仁义不施，而攻守之势异也！』（贾谊：《过秦论》）此景此声，至今犹在耳目，能不痛哉！

颂德国勃兰特总理

（九十年代）

灭族冤仇海样深，希魔杀人胜
杀牲。勃公一跪惊天下，世人
何不学先生。

注：一九七〇年十二月七日，联邦德国（当时习称『西德』）勃兰特总理在波兰作国事访问，专程来到华沙犹太人死难者纪念碑前谢罪，他突然双膝跪地，为希特勒德国时屠杀犹太人的罪行认罪、赎罪，感动全球，德意志民族声誉遂为之一振。其后，一九九五年六月，德国总理科尔又在纪念碑前双膝跪地请罪赎罪。

日本京都岚山敬谒周总理诗碑途中口占

（一九八〇年九月）

岚山九月美于画，林深水浅鸟低飞。道旁幌出汤豆腐，微风细雨谒诗碑。

注：汤豆腐——在日本岚山风景区的大松林中，辟有一大片空地，内有一异常高级的、特沽一味『汤豆腐』（类似中国的豆腐脑）的名贵专售店。在风景区的多处地方，均可看见道旁空中飘有一兰地白字『汤豆腐』的巨大布幌，临风飘拂，引人注目。

闻波尔布特死讯后

（二十一世纪初年）

百代妖魔百代凶，波尔布特杀人疯。泉下希魔高举臂，首席屠夫献老兄！

笑勃先生

（二〇〇四年）

久闻阁下甚豪奢，个间别墅却一层。御前待诏喝无酒，教条捆死勃先生？

注：

『勃先生』　勃列日涅夫，一九六四——一九八二年苏共总书记兼最高苏维埃主席团主席。据苏《真理报》总编辑阿法纳西耶夫回忆，勃在远郊别墅区有一四层楼屋，勃居一层，余三层则尽属其他工作人员。此处别墅看来是很重要的一处，打猎飙车均在此处，随行助手起草文件也在此处，总规模似相当大。又，其笔杆群（待诏）也只得唱『长铗归来乎，喝无酒。』某日，待诏班中某人弄得一瓶伏特加，怕被共产，不敢声张，但拉着阿法纳西耶夫，二人钻入草垛中，喝完酒后再出来，被众人骂得要死，可见其物资之匮乏如此。而勃氏又不敢改革。以勃氏当时之高度权力，如施行改革，难处相对少于他人。

说洪秀全

（九十年代）

不第生员想作官，假作癫狂闹个欢。凑尽古今妖孽事，天王天帝一肩担。

注：此是上世纪九十年代读上海复旦大学潘旭澜教授论太平天国诸论文时的戏作。洪秀全考县学生员（俗美称为『秀才』）屡试不中后，忽生妙计，不食不眠，狂疯狂闹。数日后忽转世清醒，谓『天父』附体，无所不能。一般常见书以范文澜《中国近代史》对此事讲得较详。

咏康生

（一九七五年）

史艺全通盖世聪，所肩担子不轻松。一朝转为思想监，先生胜过日丹公。

注：监，读为『鉴』，作名词用。『日丹』，指苏联长期的思想总监日丹诺夫。日公死于一九四八年夏，死后获『伟大马克思主义者』之唁电，康生死后也获相同评价。

咏陈伯达

（一九七〇年秋）

伯达先生事事通，自诩文章学任公。天才应属双保险，何期为此倒栽葱。

注：

『任公』梁启超字卓如，一字任甫，人多尊称为任公。本人一九四一年曾面聆陈说，写文章要学梁启超，笔尖常带感情。

『天才』陈一九七〇年在某会上坚持称颂领袖为『天才』，自以为是习惯用语而已。

说林彪

（一九七一年）

四字真经帝业开，一封朝奏滚将来。敢问世间谋策士，几率是摔或不摔？

注：

『四字真经』 林约在一九六三年后，观时察世，不断提出各种四字真经，如『四个第一』，『四个念念不忘』，等。举例便可明白一切，如『念念不忘阶级斗争』，『念念不忘高举毛泽东思想伟大红旗』。花样翻新，货源不断，地位遂也剧升，唯待极期而已。极，天子之位。登天子位，即登极，今多误为『登基』。

『朝奏』 一九七一年在某会议中，林坚主新宪法中应设国家主席一职。当时情况，只有赞成设立与不设立两种选择可能。谁都可以设想，当以选择『设立』的安全系数较大。

『几率』 数学名词，现在通释可能是『概率』。大意即可能率。历史上的译名甚多，有『或然率』、『盖然率』等，意思均同，恐以『可能率』最易解，但无此译法。在上述事件中，人人都必须二者选一。但选择任何一种都只能是『摔』。

闻江青等被捕

（一九七六年）

海上忽闻天声震，人间活捉『四人帮』。倾城出巷锣兼鼓，远胜当年日本降。

注：『远胜』捉『四人帮』后，上海庆祝游行气势之大、之烈、之久，令人骇异。询之老上海，云，此次游行，在各方面均较一九四五年日降时热烈得多。

咏江青

（一九七六年）

海上曾参救国潮，狼山喋血始名标。明星应属二三等，却把中华烤个焦！

注：江青一九三六年前后在上海参加过救亡运动。《狼山喋血记》可能是其初演电影名称，在当时未引起多大注意。

观陈、朱、黄、巩诸家小品剧有感

（九十年代）

人间百态活灵灵，诸公一现九洲欣。笑极还须有眼泪，多为工农说几声。

注：陈指陈佩斯、朱指朱时茂、黄指黄宏、巩指巩汉林。

看电视有感

（二〇〇七年）

满台尽是黄金色，分分秒秒是黄金。遍地黄金何所碍，先生毋乃太昏昏？

看奥运女撑竿跳

（二〇〇八年）

何处飞来一女神，婷婷袅袅世无伦。天鹅振翅轻轻起，人间诸美瞬时呈。

偶感

（二〇〇八年）

今人伟业胜前人，这边鸟屋那边坟。还有集装箱一个，是非何必问思成。

注：『思成』 梁思成，古建筑学及城市规划学家。

哀戴文葆先生

（二〇一一年）

阜城非巨邑，乃出戴先生。若得长安定，何如粤饮冰。

注：『粤饮冰』——指梁启超先生。梁，广东新会人，曾命名其居所为『饮冰室』。又，戴，江苏阜宁人。按：戴已能读多种古籍，并已具有研究各种古籍之方法、条件，英语也甚通，学风严谨，不作腐儒，再加刻苦用功，记忆力过人，兼明国际大势，见识甚可观，又不断追求新知新识，因此，我甚觉他有达到甚至超过梁启超成就之可能。戴一生坎坷犹能至此，如得有四十年以上安定之工作与治学机会，则其成绩未必不能过此前之大名家也。

贺王春瑜先生新书出版

（二〇一一年）

先生下笔如有神，三言两语是非明。纵使洛阳不纸贵，世说于今有继承。

究史何须作主张，旧矩新规满殿堂。老牛哞哞难合调，劝君改颂秦始皇。

赠王以铸

（二〇一二年）

月白风和浅浅溪，先生胸底净无泥。偶得闲情三五句，樸拙谦和胜祖维。

九十自励

（二〇〇九年）

碌碌庸庸度此生，八千里路月和云。夜半扪心曾问否，微觉此生未整人。

封面题签:吴道弘
责任编辑:王世勇
装帧设计:周涛勇
责任校对:周　昕

图书在版编目(CIP)数据

杂忆/曾彦修 著. —北京:人民出版社,2016.6
ISBN 978 - 7 - 01 - 016317 - 8

Ⅰ.①杂…　Ⅱ.①曾…　Ⅲ.①杂文集-中国-当代
Ⅳ.①I267.1

中国版本图书馆 CIP 数据核字(2016)第 132629 号

杂　忆
ZAYI

曾彦修　著

人民出版社 出版发行
(100706　北京市东城区隆福寺街 99 号)

北京新华印刷有限公司印刷　新华书店经销

2016 年 6 月第 1 版　2016 年 6 月北京第 1 次印刷
开本:880 毫米×1230 毫米 1/32　印张:7.75
字数:163 千字　印数:0,001-5,000 册

ISBN 978 - 7 - 01 - 016317 - 8　定价:36.00 元

邮购地址 100706　北京市东城区隆福寺街 99 号
人民东方图书销售中心　电话 (010)65250042　65289539